Fan
ファン文庫

リケジョの法則

数字では割り切れない2人の関係

著　那識あきら

マイナビ出版

CONTENTS

リケジョの法則

数字では割り切れない2人の関係

那識あきら

序章

桜吹雪と呪い

茜色に染まる教室に、人影がふたつ、寄り添うようにして佇《たたず》んでいた。

窓の外には燃えるような夕焼け空。整然と並んだ机の天板が、陽の光を映して、まるで黄金のように輝いている。

ふ、と、ふたつの影が、身じろぎをした。

なにか神聖な儀式でも行うかのように、背の高いほうの影が、厳かな手つきでもうひとつの影を引き寄せる。

どちらからともなく唇が重ねられ、影はとうとうひとつになった。


ざあっ、と、中庭の桜の木が枝を揺らしたかと思えば、薄紅《うすべに》色の花びらが窓の向こうで乱舞する。

なんて、美しいんだろう。

夕暮れの空に舞う桜吹雪を背景に、口づけを交わす恋人達。

まるで、映画を見ているみたいだ。

それは、心の奥に大切に仕舞い込まれた映像。忘れがたき光景。

惜しむらくは、これは――

＊　＊　＊

無粋な電子音が響き渡り、川村理奈《かわむらりな》は夢から覚めた。手探りで目覚まし時計のアラームを止めると、唸《うな》り声にしか聞こえない悪態を吐き出しながらベッドから身を起こす。もつれ絡まり視界を塞ぐ長い髪を手櫛《てぐし》で左右に分け、理奈は大きな溜め息をついた。

夕暮れの空に舞う桜吹雪を背景に、口づけを交わす恋人達。

あの、絵のように美しいキスシーンは、今は遠い過去の出来事だ。しかも理奈自身は単なる傍観者にすぎなかったというのだから、なんともうら寂しい話である。

――まだ夢に見るとは、ねえ。

八年も前のことなのに。もう一度深く嘆息してから、理奈は出勤の支度にとりかかった。

大里《おおさと》造船株式会社は、地元ではそこそこ名の知れた老舗《しにせ》の造船会社だ。神戸港の東の外れ、古い埋め立て地の真ん中に、三つの造船作業用の船台と一つのドックを備えた広い工場を持っている。

そこの技術部に理奈が就職して、三年が経つ。

ひと口に、造船、というが、大里造船が扱うものは船ばかりではない。一九八〇年代から始まった水中探査ロボット《ROV》の開発は、今世紀に入って会社の新しい看板のひとつとなっており、理奈は大学で培った知識を生かして、その設計に携わっていた。

九月下旬の月曜日。休み明けの緩みきった頭には、時間の進み方がやたら長く感じられる。お昼休みを知らせるチャイムの音に、理奈は、やれやれとディスプレイから顔を上げた。画面の中に押し込まれていた意識が、深呼吸とともにゆっくりとほどけてゆく。大きく伸びをして、心ゆくまで背筋《せすじ》を伸ばしたのち、理奈はなんとはなしに周囲をぐるりと見回した。

ワンフロアをぶち抜いた広い設計室には、八～十脚の机から成る島が全部で八つ並んでいる。理奈の席は、一番廊下側――神戸の人間が言うところの〝山側〟こと北側――の東端の島、出入り口に一番近い場所にあった。

彼女が所属する『特殊装備開発課』――水中ロボットの開発を担当する課、通称『特装課』――は、北東の端とその南隣の二つの島からなる総勢十五名のグループだ。設計室には特装課の他に、同規模の人員で構成される『技術開発課』と、残る四十名から成る『船舶設計課』が入っている。以上が、大里造船技術部の全容だ。

机上に乱立するディスプレイ、それに向かうエンジニア達が着るネイビーブルーの作業服は、工場で働く製造部と共通のユニフォームだった。正社員、派遣、男女の別を問わず、就業中は全員が着用することになっている。

理奈は、この〝制服〟が結構気に入っていた。胸元に入ったシルバーのラインがちょっとしたアクセントになっていて格好よかったし、なにより濃紺の色彩効果で体形がほっそりとして見えるのがいい。そういえば以前、写真を見た弟が「F1のメカニックみたいやん」と羨《うらや》ましそうに言っていたなあ、なんてことを思い出しながら、理奈は再びディスプレイに目を戻した。

作業が一段落しているのをあらためて確認し、データを保存する。向こうの柱に貼られた『節電』の文字を横目で見ながら、弁当片手に立ち上がったところで、向かいの机から不機嫌そうな声が理奈に投げかけられた。

「また、会議室を使うのか」

「え、井神《いかみ》さん、会議室使うご予定が？」

「そういうわけではない」

理奈の四年上の先輩・井神は、理奈のほうを一瞥もせずに返答した。眼鏡のレンズが画面のデータを映して、仄《ほの》かに緑色がかっている。

「弁当を食べるために、いちいち席を移動する必要があるのか、と思っただけだ」

「あら」

背後に楽しげな声を聞き理奈が振り返れば、設計室の入り口脇に、パンツスーツに身を包んだショートヘアの女性が、悪戯《いたずら》っぽい笑顔を浮かべて立っていた。

「井神君ってば、川村さんとお昼を一緒に食べたい、ってわけね？」

「あ、小坂《こさか》さん、お帰りなさい」

小坂は特装課の課長だ。今年で勤続十三年目の、理奈憧れの才媛である。今日は一日出張だと聞いていたが、予定が変更になったのだろうか、と理奈は内心で小首をかしげた。

「なにを馬鹿なことを言っているんですか、課長」

井神が、顔を上げぬままに刺々《とげとげ》しい声を返した。

小坂は気にしたふうもなく、にこやかな笑みを井神に投げる。

「井神君だって、会議室にご飯持ち込んでもいいんだよ」

「どこで食事をしようが、私の勝手です」

「じゃあ、川村さんが会議室へ行くことについても、君がとやかく言うことではないね」

さらりと切り返された一言に驚いて、理奈は思わず小坂と井神を交互に見比べた。

井神は、依然としてディスプレイのほうを向いたまま作業を続けている。

小坂は、そんな井神の態度になんら頓着《とんちゃく》した様子も見せず、にっこりと理奈に笑いかけた。

「もう少ししたら、また出なきゃいけないんだけど、それまで私も一緒に会議室でコーヒーでも飲もうかな」

いただきもののお菓子があるから皆で分けよう、との小坂の言葉に、理奈は一も二もなく大きく頷《うなず》いた。

設計室の〝海側〟——南側——には、パーティションで区切られた小部屋が三つ並んでいる。理奈はその中の『第三会議室』と書かれた扉を形式的にノックすると、返事を待たずに「入りまーす」と扉をあけた。マグカップと紙袋で両手が塞がっている小坂を先に通し、理奈はあとから会議室に入る。

扉が閉まるのを待って、部屋の中央から歓声が沸き上がった。

「小坂さん、それ、アンジュ・ジャルディニエの袋やないですか！」

既に席についていた六人の女性社員のうち一番年長の豊田《とよた》が、一同を代表するようにして小坂の持っていた紙袋を指さし、有名洋菓子店の名前を口にした。

「袋は、ね」

「ええー、中身は別なんですかー？」

豊田は、技術開発課に所属する派遣社員だ。主に船殻《せんこく》の設計を得意とする技術者で、大里造船では十年前にも船舶設計課付けで働いていたことがあり、同年代の小坂とは特に仲がよい。今も、他の派遣達が見守る中、紙袋の中身について互いに軽口を叩き合っている。

「で、結局正解はなんなんです？　サルミアッキとか言わんといてくださいよ」

聞き慣れない単語を耳にした全員から「サルミアッキってなんですか？」との問いが豊田に投げかけられた。

「フィンランドのお菓子でな、飴《あめ》ちゃんっていうか、グミキャンディっていうか、真っ黒で、苦くて、しょっぱくて、ほの甘くて……、なんと言うか……、平均的な日本人の舌にはちょっと合わへん味しててんねん……、うん……」

嬉々として説明を始めた豊田だったが、次第にその表情が暗いものに変わってゆく。

それを見て、小坂が慌てて両手を振った。

「大丈夫。中身もやっぱりアンジュ・ジャルディニエだから。クッキーの詰め合わせだって」

小洒落た箱が紙袋から姿を現すのを見て、一同はあらためて喜びの声を上げた。


他愛もない話に花を咲かせながらの、お昼ご飯。食べ終えた者から順に小坂に礼を言って、念願のクッキーに手を伸ばす。

理奈も、ナッツのクッキーをありがたくいただいた。さくさくとした食感に続いて、香ばしい木の実の風味とバターの香りが、ふわっと口の中に広がる。ほどよい甘さと適度なコクは、何枚食べても飽きがこないほどだ。もう一枚、と言いたいところを、理奈がぐっと我慢していると、隣に座っていた派遣の子が不思議そうに小坂に問いかけた。

「こんなゴージャスなお菓子、どうなさったんですか？」

「結婚式の引き出物。知ってるかなあ、大橋《おおはし》君って。今年の三月に退職した、うちの課の」

その名を聞いた瞬間、理奈は胸の奥が、ずん、と重たくなったような気がした。

「確か、お父さんが急に亡くなりはって、実家の工場を継がなきゃなんなくなったんやったっけ？」

豊田の問いに、小坂が小さく頷く。

「へー、大橋さん結婚なさったんですかー」

「親切な方でしたよね。違う課の私達も、何度かお世話になっちゃって」

大橋を知る者達が懐かしそうに語り合うのを、理奈は黙って聞いていた。

「この週末に式があってね。川村さんによろしく、って言ってたよ」

不意打ちのように小坂に話を向けられて、理奈は思わず姿勢を正した。

大橋は、先ほど会議室の件で文句を言ってきた井神と同期の社員で、構造解析の先輩として、時に厳しく、時に優しく、理奈に仕事を一から教えてくれた。いつだったか理奈のミスのせいで仕事が明け方まで及んだ時も、小言を言いながらもきっちり最後まで手伝ってくれた。

『失敗は誰にでもある。それを乗り越え、成長できるかどうかが問題なんだ』

そう言って励ましてくれた大橋の、期待に応えたい。しっかり経験を積んで、いつかこの恩に報いたい。その一心で理奈は仕事に打ち込んだ。

だから、彼が会社を辞めると聞いた時、理奈は目の前が真っ暗になったような気がしたのだ……。

「どんな方だったんですか？」

今年度から新しく来ている派遣の子が、興味津々といった表情で身を乗り出してくる。

「年齢の割に落ち着いていたというか、人当たりのいい人間だったよ。仕事面でもとても優秀だったので、大橋君が辞めると知って、皆、心から残念がってたね」

小坂の言葉を受けて、豊田が大きく頷いた。

「そうそう。川村ちゃんなんか、ものすごーく落ち込んでいたもんね。まるで失恋でもしたみたい、って……、あ」

と、そこで、豊田は「しまった」とばかりに手で口を押さえた。

その横で、小坂が額に手をやり溜め息をつく。

「……あ、いや、その、そう見えた、ってだけやねん。で、あの、その」

うろたえる豊田とは対照的に、他の者の反応はいたって冷静だった。それが意味するところを理解して、理奈はそっと息を吐いた。

「まあ、当たらずといえども遠からず、ですか」

「やっぱり！」

小坂のたしなめる声をよそに、豊田が勢いよく食いついてくる。

「大橋さんのこと、好きやったんや」

「好きというか、憧れてたというか？　尊敬してた、ってのが一番近いような気もするんですけど」

「どれでもいいけど、気持ちは伝えたん？」

どれでもいいって、と苦笑を口の端《は》に引っかけて理奈は肩をすくめた。

「伝えるもなにも、その前に、彼女がいるって聞いちゃったんで、ややこしくなると嫌だなーって思って……」

「そうだったんだー」

「残念でしたねー」

一同が口々に慰めの言葉を寄せてくれる。理奈は溜め息を押し殺すと、思いっきり大きく伸びをした。それからもう一度、今度は皆にもわかるように深く嘆息して、がくりと椅子の背にもたれかかった。

「やっぱり、呪われているのかなあ、私」

「え？」

驚きの表情で、皆が一斉に理奈のほうを見る。

こうなったらネタにするしかないじゃない、と、胸の内でぼやきながら、理奈は言葉を継いだ。

「昔っから、私が『いいな』って思った人って、必ず彼女持ちなんですよ。これって絶対なにかの呪いですって」

「えー？」

「嘘《うそ》ぉ」

冗談めかした口調が功を奏したのか、場は一気に賑《にぎ》やかさを取り戻した。

果たしてこの気持ちは、恋愛感情なのか、尊敬の念なのか。自分でもよくわからなかったけれど、このまま離れ離れになってしまうのは嫌だ。そのことだけでも大橋に伝えたくて、理奈は設計室の外で彼を捕まえた。

　理奈が退職について問うと、大橋は、まさかこんなことになるとは、と寂しそうに笑った。それから彼は、気持ちを入れ替えるように大きく頷いて、悪いことばかりではないんだけどね、と、少し照れた顔を見せた。

『ずっと付き合ってた彼女に、思いきって、一緒に来てくれるか、って頼んだら、OKしてもらってさ……』


「まさかまさかの略奪愛体質ってやつ？」

　好奇心旺盛な様子で問うてくる豊田に、理奈は力一杯首を横に振ってみせた。

「違いますよー！　彼女がいるなんて知らなくて、好きになるっていうか……。あと、私が『いいな』って思って見てる間に、相手に彼女ができる、ってパターンも、ちょこちょこと……」

「例外は無かったん？」

「無いですねえ。おかげさまで、付き合う以前に、告白すらできたためしがないわけで」

「うわ、それは呪われてる」

　大袈裟に身をのけ反らせる豊田の向かいで、新人の子が悪戯《いたずら》っぽい笑みを浮かべる。

「でも、川村さんに呪いをかけようと思ったら、大魔王とか呼んでこなきゃ、ですよね」

「どういう意味よー」

唇を尖《とが》らせる理奈に、すまし顔が応えた。

「だって、呪いとかそんなのと全然縁が無さそうっていうか、呪いかけられても弾き飛ばしそうっていうか」

「弾き飛ばしそう！　わかるー！」

「ですよねー！」

「ええ？　ちょっと、皆、私のこと一体どんなキャラだと思ってるのよー！」

すっかりいつもどおりとなった喧騒《けんそう》の中、小坂が腕時計を見て息をつく。

「ああ、そろそろ行かなきゃ。クッキー、余ったやつは、いつもの〝おやつ机〟に置いておいて」

マグカップ片手に立ち上がった小坂は、理奈を振り返ってそっと目を細めた。

「その〝呪い〟だけどね、きっと、川村さんに〝見る目がある〟ってことなんじゃないかな」

「そうだったら、いいんですけど……」

素敵な人から売れていくって言うやん、と、訳知り顔で相槌《あいづち》を打った豊田が、他の皆から集中砲火ならぬ集中抗議を受けて悲鳴を上げている。

まさかその〈大魔王〉と七年ぶりに再会することになろうとは、この時の理奈は想像もしていなかった。

第一章　初顔合わせ

その日は、出社したあとすぐに外へ行くと聞いていたので、理奈は作業服には着替えずに、自分の席で井神が呼びに来るのを待っていた。

「出張ですか？　珍しいっスね」

隣の席の後輩が、怪訝《けげん》そうに話しかけてくる。普段は、対外的なことは課長の小坂が一手に引き受けてくれていて、課長補佐の井神がそのサポートにまわることはあっても、理奈達下っ端が社外に出ることは滅多になかったからだ。

「だよね。なんか、井神さんが、私も一緒についてこいって」

「どこへ行くんですか？」

「山本《やまもと》重工さんだって」

後輩が、へえ、とますます首をかしげた。

「水槽試験をお願いするには、まだ全然早すぎますよね」

「そうなのよねえ」

山本重工とは、国内有数の規模を誇る機械メーカーだ。船舶は勿論、鉄道、航空機、果ては宇宙機まで手がけている巨大企業である。

同じ神戸発祥で、船という同じ製造製品を扱ってはいるが、山本重工と大里造船では、その力の差は天と地ほどもあった。特に、山本重工が所有する大規模な試験設備は、しがない地方企業には到底望めないもので、大里造船は、船殻や特殊装備の開発にあたって、これまでに何度もその施設を使わせてもらっていた。

「井神さんに訊《き》いても、『川村はついてくるだけでいいんだ』しか言ってくれないし。小坂さんは、最近出張ばっかりで、全然お話しできないし……」

理奈がぼやいていると、すぐ後ろの設計室の入り口に、井神が姿を現した。

「川村、行くぞ」

「あ、はい！　じゃあ、行ってくるね」

「行ってらっしゃい」

後輩に見送られながら、理奈は小走りで井神のあとを追う。

「ええと、その、私はなんのために行くんですか？」

「頭数合わせ、みたいなものだ」

合コンじゃあるまいし、とのツッコミを理奈が必死で呑み込んでいると、階段の上から小坂の声がした。

「え？　なに？　川村さん、今日の資料読んでいないの？」

靴音高く階段をおりてきた小坂は、鋭い視線を井神に投げかける。「彼女の分も井神君にことづけたよね。先週」

「え？　資料？　いただいていませんけど？」

理奈の抗議の声を遮るようにして、井神が口を開いた。

「一揃《そろ》えしかなかったので、これは自分の分だと判断しました」

「川村さんにも渡して、って言ったよね」

「確かにそう聞きましたが、手元に自分の分しか無い以上、なにか予定に変更があったのかと思いまして」

「そういう場合は、私に再度確認すること」

抑揚を殺した低い声で小坂が言い放つ。それから彼女は、大きな溜め息をついて肩を落とした。

「まあ、このところ私も忙しくて、あまり設計室に顔を出せなかったからね……」

もう一度溜め息を吐き出して、小坂は鞄《かばん》から一冊のファイルを取り出した。

「これ、私のだけど、とりあえず川村さんに渡しておくよ。プロジェクトの概要だけでも、どこかで目を通せればいいんだけど……」

「プロジェクト？」

そういえば、と、理奈は小さく息を呑んだ。春に、山本重工となにか業務提携をするような話を小耳に挟んだ記憶があったからだ。その時は「いつもの試験がらみのなにかかな」と聞き流してしまい、それっきり意識を向けることがなかったのだけれども。なにしろ理奈はまだまだ下っ端で、もしも自分に関係のあることなら、そのうち誰か上の人が言ってくるだろう、と思ったのだ。加えて、春から夏にかけては大橋の抜けた穴を埋めるために手一杯で、他のことに頭を回す余裕がなかったのだ……。

「そう、山本重工さんと、うちとの、合同プロジェクト。歩きながら説明するよ。行こう」

小坂が、靴音も高らかに踵《きびす》を返す。

どうやらこの様子では「ついていくだけ」ではすまなさそうだ。願ってもない、と、理奈は挑戦的な眼差しでこくりと頷いた。


「山本重工さんも水中ロボットに参入してくるんですか」

山本重工の海洋事業部が、水中作業用ロボットの開発に着手することになった。それに際して、我ら大里造船の特装課が技術協力することになった。ざっくりと小坂が告げた内容に、理奈は「なるほど」と頷いた。言われてみれば、あの大企業がこの分野に未《いま》だ手を出していないということのほうが、不思議に思えるほどだ。

こんなに重要な話ならば、たとえ理奈の分の資料が無かったとしても、一言口頭で説明してくれたらよかったのに。いやむしろ説明するべきでは？　と、少し先を歩く井神の背を恨めしそうに見つめながら理奈は溜め息を押し殺す。

「将来的には、海中で建設作業が行えるものを目指すらしいよ」

「目標は重機レベルですか。すごいなあ。流石《さすが》は、天下の山本重工さんですね……」

大里造船の水中ロボットは、メインはあくまでも探査用。作業用アーム、いわゆるマニピュレータ装備のロボットも開発しているが、今のところ単純な軽作業がせいぜいなものばかりだ。夢は大きいほうがよいとはいえ、現状では、建設作業用パワー型ロボットを作りたいなんてなかなか言い出せない状況だ。

「今は、阪神地域で水中ロボットって言ったら、うちの名前を挙げてもらえることが多いですけど、山本重工さんが入ってきたら、あっという間に抜かされて置いていかれちゃいますよね……」

はぁ、と大きく肩を落とした理奈に、小坂が挑戦的に微笑《ほほえ》んでみせた。

「だからこそ、の、合同プロジェクトなんだよ」

だからこそ、と理奈が復唱すれば、力強い頷きが返ってくる。

「確かに山本重工さんは、潜水艇や産業用ロボットの技術は既に持っている。けれど、〝水中で〟〝作業をする〟〝ロボット〟の〝運用実績〟となると、うちが一歩リードしているのは間違いない。これは大きな武器だよ、川村さん。私達は、この武器が武器であるうちに、戦いを挑まなければならない」

「戦い」

「抜かされて置いていかれるのを、指をくわえてただ見ているだけ、というわけにはいかないからね」

力強い小坂の言葉に、理奈は思わずこぶしを握りしめていた。

それを見て、小坂が愉快そうに眉を上げる。

「わかっていると思うけど、別になにも山本重工さん相手に喧嘩をしにいくわけではないよ。一緒に力を合わせて、それぞれだけでは手が届かないものを作り上げる。言うなれば、〝共に戦う〟ってこと」

「一緒に力を合わせて戦う」

そのとおり、と頷いた小坂の眼差しが、そこで微《かす》かに、微かに曇った。

「ただ、国や大企業相手の仕事が〝普段の食事〟である山本重工さんにとって、今回のプロジェクトなんて、〝おやつ〟みたいなものだと思うんだ」

「でも、うちにとっては〝豪華ディナー〟ですよね」

「そう。だからこそ、いっぱい頭使って、思いっきりお腹空かせて、全部食べ尽くそう」

そう言って微笑む小坂を、理奈は心から「頼もしいな」と思った。

ほどなく、横断歩道の向こうに駅が見えてくる。

「もしかして、最近小坂さんが出張ばっかりだったのって……」

「こんなチャンスが巡ってくることなんて、なかなか無いからね。相手が相手だから、うちの規模だと、話し合いひとつでも全力投球するしかなくてね……」

と、そこで小坂は少しだけ歩調を緩め、大きく深呼吸をした。唇を引き結び、正面から理奈と視線を合わせてくる。

「色々と段取りが悪くて川村さんになかなか内示を出すことができなかったばかりか、井神君が資料を紛失していたこともチェックしきれていなくて、さっきは驚いたことだと思う。本当に申し訳なかったね」

先をゆく井神が、ちらりと理奈達を振り返った。

「あ、いえ、確かにびっくりはしましたけど、でも、今、こうやって小坂さんがきちんとお話してくださったから、全然大丈夫ですよ」

「そう言ってもらえてよかった」

まだ少し申し訳なさそうに笑んでから、小坂が静かに息をつく。

「ともあれ、なんとか無事に話がまとまってきたから、ここらで主だったメンバーの顔合わせを、というのが今日これからの予定なんだよ。あとから総務も合流するんだけど、その前に技術同士で話をしましょう、って」

「主だったメンバー？」

思いもかけない単語に、理奈はびっくり顔で自分を指差す。

小坂の目が、すっと細められた。

「そう。川村さんにも色々頑張ってもらうから。期待してるよ」


東端と西端とはいえ同じ神戸港に面しているだけに、二社間の移動は、電車に揺られる時間よりも駅まで及び駅から歩く時間のほうが長い。最寄りの駅に降り立った三人は、電車内での無言を引き連れたまま、目的地目指して歩き始めた。

秋とは名ばかりの強い日差しの中、綺麗に整備された市街地を海のほうへ抜ければ、ほどなく無骨な工場の建物が姿を現した。その更に遠くには、幾つもの巨大な塔形クレーンが見える。世界を股にかける大企業の造船所とくれば、一体幾つのドックや船台を有しているのだろうか。今回のプロジェクトのことを事前に知らされていれば、色々と下調べしてくることもできたのに。そう理奈は今一度井神への恨み言を口の中で呟《つぶや》いてから、惑いを振り払うようにして大きく頷いた。

——ま、いいか。

過ぎたことをいつまでもくよくよ考えていても仕方がない。理奈は大きく息を吸うと、気持ちを切り替えた。「ま、いいか」は、理奈の得意技のひとつなのだ。かくなる上は、現時点で自分にできることを精一杯頑張ろう。

長い塀がようやく途切れ、理奈達は『山本重工株式会社　神戸造船所』と書かれた立派な門の前に到達した。

若い警備員が、小坂の姿を見るなり笑顔を浮かべて会釈をした。小坂がまだなにも言わないうちに、警備室へと取って返し、内線電話で、こちらの社名、そして人数を報告する。

もしかして小坂さん既に顔パス？　と、理奈が密かに感心していると、やがて、向こうに見える大きな建物から、スーツ姿の男が小走りで門のほうへとやってきた。

身長一八〇センチは優にあるだろう。すらりと伸びた手足といい、日本人離れした体形に、チャコールグレーのスーツが見事に似合っている。

「大里造船の皆様ですね。お待ちしておりました」

三人の前で足を止め、きびきびとした動きで軽くお辞儀をする様子は、高校の剣道場で見かけた時とまったく同じだった。涼しげな眼差しも、柔らかな声も、全然変わらない。ただ、あの時は暗い茶色に染められていた頭髪が、今は生来の黒髪となって額を飾っている。

「高嶋《たかしま》君……!?」

ここがどこかも、自分の立場すらも忘れて、理奈は素っ頓狂な声を上げた。

七年ぶりにまみえた〈大魔王〉――高嶋珊慈《さんじ》は、一瞬視線を逸らせると、素っ気ない口ぶりで「久しぶり」とだけ応えた。

それからしばらくの間、理奈は動揺を収めるのに必死だった。「知り合い?」と小坂に訊かれ、辛うじて「高校で、同じ部活で」と返したものの、そのあとが続かず、小坂はあっさりと会話の相手を珊慈に変更した。

「ということは、高嶋さんも演劇部だったんですね」

「あ、いえ、私は剣道部だったのですが、それとは別に、私も彼女も化学部を兼部していたんです」

それは実に社会人らしい、冷静な受け答えだった。そういえば一人称も〝私〟になっている。大人っぽくなって当たり前だよね、だって大人なんだから。予想もしていなかった邂逅《かいこう》に早鐘を打つ胸を、なんとかして落ち着かせようと、理奈は必死で思考を巡らせる。

「それはそれは、奇遇ですね」

「そうですね」

その瞬間、珊慈が小坂に向けた微笑みが寸分たがわず昔のままで、せっかく落ち着き始めた理奈の心臓は、再び激しく暴れ始めた。

「こちらです」との珊慈の案内で、理奈達は建物の中に足を踏み入れた。門の正面に位置する、先ほど彼が三人を迎えに出てきた、前面ガラス張りの立派な建物だ。

受付で入館証を受け取った珊慈が、それを小坂、井神、理奈、と順に配ってくれる。

——んん？

珊慈から入館証を手渡された理奈は、「ありがとうございます」と礼を言いつつ内心で首をかしげた。小坂や井神に対して完璧な物腰と笑顔で接していた珊慈が、理奈のほうを向いた途端、酷く冷たい気配をまとったように思えたからだ。

「ここで、センサに入館証をかざしてください」

廊下を幾らか進んだ奥の扉の前で、珊慈が足を止めた。柔らかい眼差しが、小坂、井神、と見回したところで、やはり理奈の前で温度を失う。門からここに来るまででも、彼が理奈のほうを殆《ほと》ど見ていなかったことに思い当たり、理奈は小さく息を呑んだ。

高校時代の珊慈は、こんなふうに相手によって露骨に態度を変えるなんてことは一度も無かった。内心はどうあれ人当たりのよさは折り紙つきで、いたずらに他人の神経を逆撫《さかな》でするようなことなど無かったのだ。

唐突に、先日聞いた後輩の言葉が理奈の思考に降ってくる。

——大魔王……。

理奈は慌てて首を横に振った。

——待て待て落ち着け私。あれはネタだよ。〝呪い〟って話から派生して出てきただけの、識別信号みたいなものだし！

そもそもあの頃の彼は、どう考えても魔王などというキャラではなかったのだから。むしろ、騎士や紳士と言ったほうがしっくりくるぐらいだった。〝呪い〟界隈《かいわい》に紳士という肩書きがアリなのかどうかは置いておいて。理奈がそう考えを巡らせている端から、珊慈の視線がまたしても理奈を飛び越える。

——でも、やっぱり、なんか雰囲気悪くない？

理奈が頬をふくらませたその時、廊下の反対側から現れた五十代ぐらいの男性が、一行を呼び止めた。

「もしや、大里造船の方々かな？」

手入れの行き届いた濃紺のスーツに、僅かに白髪の交じる綺麗に撫でつけられた頭髪。いかにも重役然とした堂々たる態度のその人は、「企画統括室長の八代《やつしろ》です」と理奈達に名乗った。

珊慈が畏《かしこ》まってお辞儀をする。どうやら、見た目どおりかなりの重役のようだ。

「わたくしは、大里造船特殊装備開発課を預かっております、小坂と申します。このたびは、貴重な機会をありがとうございました」

「いやなに、礼には及ばんよ」

きびきびと礼をする小坂に、八代が鷹揚《おうよう》に頷き返す。そうして彼は、ふむ、と小さく息を吐き出した。

「まあ、我が事業部では潜水艇や潜水艦も手掛けているからね。水中ロボットぐらい我が社だけで充分対応できるんだが、まあ、そこはそれ、同じ神戸発祥の会社同士、わざわざ波風を立てることもないか、と思ってね」

小坂と井神の後ろに控えていた理奈は、八代の死角にいるのをいいことに、思いっきり眉をひそめた。なに、この、やたら恩着せがましい尊大なオッサンは、と。

「とはいえ、我々も慈善事業をやっているわけではないからね。そちらの社長さんの顔を潰さんよう、しっかり頑張ってくれたまえよ」

満足そうな表情で立ち去る八代の、ふんぞり返った背中が向こうの扉に消えるのを待って、まず井神がこれ見よがしに鼻を鳴らした。

「随分と我らを下に見てくださったものですな」

珊慈が心持ち青い顔で身を固くしている。それをチラリと見やった小坂が、普段と変わらぬ静かな声で口を開いた。

「それだけ自社の従業員の能力を高く買っていらっしゃるのでしょう」

井神、理奈、それから珊慈をゆっくりと見回して、小坂はにっこりと、見ようによってはすごみのある笑みを浮かべた。

「私達は、私達の最善を尽くすだけのことです」

頭数合わせ、という井神の弁は、あながち間違いというわけではなかった。理奈達三人に対して、山本重工からも三人の人間が、今日の顔合わせに臨席した。

小ぢんまりとした会議室、大里側の真ん中の席には小坂課長が、窓側には井神が座り、一番下っ端の理奈は、廊下側。対する山本重工は、小坂の向かいに四十手前ぐらいのがっしり体形の男性が、奥には理奈よりも少しだけ年上に見えるひょろっとした男性が、そして理奈の目の前の席には珊慈が着席した。

まずは、それぞれ自己紹介から。真ん中に座った男性は瀬良《せら》と名乗った。今回のプロジェクトのマネージャーを務めるらしい。窓際の男性は田口《たぐち》主任技師。院卒で入社六年目ということだから、井神よりも二歳ほど若い計算だ。

珊慈が簡潔に名前と勤続年数のみを告げたあとは、大里造船側が小坂から順に名乗り上げてゆく。緊張のあまり声が震えそうになりつつも、必死で腹の底に力を込めて、理奈も自己紹介を行った。

——瀬良プロマネに、田口主任技師。せら、に、たぐち。よし、覚えた。もう大丈夫……よね、たぶん。

発言を終えて一息ついたところで、理奈は、失礼のないようもう一度頭の中で初対面のふたりの名を呟いた。他人の顔と名前を覚えるのがあまり得意ではないことを自覚している。

「川村さんは、大学で水中ロボットの研究をしていたそうですね」

と、突然瀬良に話しかけられて、理奈は弾かれたように背筋《せすじ》を伸ばした。

「え、あ、はい」

自分の知らない間に一体どんな話がなされていたのだろう。困惑しつつ左隣の小坂を見やれば、小坂がさりげなく手元の資料を指差している。

――なるほど。名簿に出身研究室が記載されているパターンね。

「教授と院生が中心となって、クローラー型海底探査機の開発を行っていました。私はそのお手伝いをしていただけなので、研究に携わっていた、と言うのは少しおこがましいような気もしますが、大学で学んでいたことをダイレクトに仕事に生かせることを、とても嬉しく思っています」

胸を張ってそう言い切った理奈に、瀬良が満足そうに微笑んだ。

それを受けて、今度は小坂が珊慈のほうを向く。自己紹介時の各人の反応を思い返すに、どうやら初顔合わせなのは下っ端ふたりだけのようだ。

「高嶋さんは流体力学専攻だったんですね。構造課には頼もしいですね」

「恐縮です」

珊慈は、あっさりと一言を返したきり、そのまま静かに話題が変わるのを待っている。

瀬良が「なんだ、愛想の無い奴だな」と苦笑を浮かべた。

「課内に流体のわかる人間がいると、色々と心強いですからね。皆さんもビシバシこき使ってやってください」

船舶やそれに類するものを設計するにあたって、水の流れの影響を無視することは不可能だ。そもそも船体構造の基本形状は、流体解析が決定すると言っても過言ではない。設計の根幹となる流体力学の知識があるということは、間違いなく、この仕事において大きなアドバンテージだった。解析ソフトが全てを自動計算してくれるような時代は、まだまだ遠いのだ。

さて、と瀬良が話を切り換えようとするのを見て、小坂が「すみません」と小さく右手を挙げた。

「細かい話に入る前に、今一度プロジェクトの概要を確認させていただきたいのですが、よろしいでしょうか」

「概要を、ですか？」

一度は怪訝そうに眉を寄せたものの、すぐに瀬良は、「そうですね、最終確認、とまいりましょうか」と頷いた。

「ありがとうございます」

ちら、と小坂が理奈に視線を走らせる。それから彼女は、資料をめくるとよく通る声で読み上げ始めた。

プロジェクトに直接参加する人数は、山本重工の船体構造課から十名、大里造船の特殊装備開発課からも十名。流体解析や資材調達、各種試験など課外の協力については、主に山本重工が担う。

基本構想は山本重工内で既に完了、設計には十月から入ることに。期間は、基本設計に四箇月、詳細設計に十一箇月、維持設計に九箇月の計二年間。

淀《よど》みのない小坂の声を聞きながら、理奈はそっと奥歯を噛みしめた。瀬良をして今更と思わせるような内容を、今こうやって小坂がわざわざ確認しようというのは、資料を未読である理奈を慮《おもんぱか》ってのことだと理解したからだ。理奈は胸の中で、ありがとうございます、と心からの感謝を捧げる。

「――以上です」

資料を置くなり、小坂は「問題ありませんでしょうか」と瀬良を見た。

瀬良は大きな頷きで応え、そうして真摯な眼差しを小坂に、井神に、理奈に向けた。

「あらためて、これから二年間よろしくお願いいたします。先輩である大里造船の皆さんの経験と知恵をお借りできること、本当にありがたく思っております」

その一瞬、理奈は思わず目をしばたたかせた。先刻一階で〝尊大なオッサン〟に投げつけられた言葉との差異に、驚くことしかできなかったのだ。

おそらく大里側の全員が同じような表情をしていたのだろう、瀬良が戸惑いの視線を三人に走らせた。

「どうかされましたか」

「……いえ、弊社が天下の山本重工さんに先輩と呼ばれるなど、夢にも思っておりませんでしたので」

小坂の口元にも、微かながら苦笑が見える。

だが、瀬良の眼差しはどこまでも真っ直ぐだった。

「確かに、我が社はいわゆる〝大企業〟です。やろうと思えば、自前で全てを賄えるポテンシャルもあります。ですが、探査用とはいえ既に何年も実機を運用していて、有用なデータを持っている先達《せんだつ》がいらっしゃるのに、変な意地を張って時間を浪費することはありません。そういう意味では、今回のお申し出は我々にとっても大変ありがたいものでした」

溢《あふ》れんばかりの熱意を湛《たた》えて、瀬良が身を乗り出してくる。

「我々海洋事業部にとって今回のプロジェクトには、単に新しい分野の商品を開発するということだけでなく、それ以上の意味があるのです。ぶっちゃけた話、この二年間できっちり成果を出せなかったら、水中ロボット関係の一切合財を産業機械事業部に持っていかれてしまうんですよ。ですから、皆さんには是非ともちからをお貸しいただきたい」

未来への礎《いしずえ》を一緒に作り上げていきましょう。そう力強く語る瀬良を見るうちに、理奈は胸の奥がむずむずするような感覚に襲われていた。不快感とはまったく違う、身体の奥底からなにか熱を持ったものがこみあげてくるような、不思議な心地。許されるものならば、全速力で海辺へと走っていって、遥か彼方の水平線に向かってなんでもいいから叫びたい、そんな衝動すら湧き起こる。

そっと深呼吸をして、無理矢理気持ちを落ち着かせようとしたら、ぶるりと身体が震えた。

――もしかして、武者震い、ってやつ？

入社四年目にして初めて体験する、大企業とのプロジェクト。しかも、理奈はその中心部分に関わることができるのだ。

――これは、気を引き締めてかからないと。

決意新たにこぶしを握りしめたところで、ふと視線を感じて顔を上げると、正面の珊慈と目が合った。

その一瞬、珊慈が笑みを浮かべているように見えて、理奈はすっかり慌ててしまった。もしや考えていることが顔に出てしまっていたのではないだろうか、と、恥ずかしさから手のひらに汗が噴き出してくる。

――あれれ？

しかし。まるで幻だったかのように、ほんのひとまたたきの間に笑みは消え失せ、真顔の珊慈が、つい、と理奈から視線を逸らせた。

またしても理奈の眉間に、深い皺《しわ》が寄った。

プロジェクトのサマリを終えたあとは、より細かな、実務的な内容へと話題はシフトしていった。

「このプロジェクトのために、専用のフロアをひとつ用意しました。大里造船さんには、別荘のつもりで気兼ねなく使っていただけたら」

バカンス向きではありませんけどね、と続けて、瀬良がにやりと笑う。こうやって冗談が飛び出す程度には、場の雰囲気もほぐれてきていた。

「で、こちらに来ていただけるのが、皆さんを入れて六名、ですね」

「ええ。機材やデータの関係もありますし、残りの四名は引き続き大里本社で作業をすることにいたします」

ここまではきはきとした受け答えを続けていた小坂が、突然眉を曇らせた。

「ええと、次は……セキュリティ関係、ですか……」

小坂にしては珍しく歯切れの悪い口調だが、それを受ける瀬良も、小坂同様あまり気が進まない様子だ。

「……ああ、そうなんですよ……。昨今は色々とうるさいですからね。うちもかなり厳しくなっていますね……」

はぁ、と大きな溜め息ひとつ。瀬良は胸元の社員証を摘まみ上げた。

「設計の入っている建物は、入り口で入退出の自動チェックがあります。皆さんにも、当日までにこれと同じような身分証をお作りいたしますので、それで認証を受けてください。あと、設計室には基本的に私物を持ち込めません。一階にロッカーがありますので、そこに預けてから上に上がっていただくことになりますね……」

「流石に、徹底していらっしゃいますね……」

「面倒で敵《かな》わないんですけれどね……。なにも考えずに仕事だけさせてくれ、って心底思いますよ……」

揃って溜め息を吐き出す小坂と瀬良を見つめながら、理奈は、会社でも散々聞かされている先輩達の愚痴を思い出していた。基本的に技術部の人間は殆ど全員が〝仕事の虫〟だ。勿論、彼ら――理奈も当然含まれる――も、仕事以外に楽しみや興味を山ほど持っているわけだが、いざ目の前のタスクに向き合えば、皆活き活きと〝ものづくり〟と格闘を始める。そんな人間にとってマネジメントだのセキュリティだのといった余計な話は、耳の傍を飛び回る蚊の羽音みたいなものなのだ。

「書類やデータを持ち出して紛失、っていうのは確かに恐ろしい話ですけど、でも、携帯電話ぐらいは許してほしいですよねえ」

田口主任技師が、瀬良の嘆息を引き取って肩をすくめる。そこに、井神がするりと苦言を差し挟んだ。

「いわゆる産業スパイを阻止するためには、致し方ないでしょうな」

至極尤《もっと》もな、だが酷く冷たい発言に、場の空気が一気に温度を失った。

理奈がちらりと周囲を見回せば、苦笑を浮かべる瀬良とは対照的に、小坂が心持ち青い顔で唇を真一文字に引き結んでいる。

さもありなん、と理奈もまた口元に力を込めた。何故ならば、大里造船は設計室への個人の荷物の持ち込みを禁止していないからだ。もしも瀬良達がこの事実を知っていれば、井神の発言を「大里造船には産業スパイ《うらぎりもの》など存在しないが、山本重工には存在してもおかしくない」という意味に受け取られる可能性がある。

——毒舌を気取るにしても、時と場合というものがありますよ井神さん！

日頃の鬱憤も手伝って、理奈が心の中で思うさま井神に文句を言っていると、突然斜め前方から思ってもいない言葉が飛んできた。

「高嶋、なにを川村さんに見とれているんだ」

「ええっ」

瀬良の一言で、理奈と珊慈の声が見事に重なった。

慌てふためく理奈の隣で、小坂がホッと小さく息をつく。

「高嶋さんと川村は、同じ高校出身だそうですね」

——まさか小坂さん、私を人身御供《ひとみごくう》にしてこの場の空気を変える気ですか！

他にもっとなにか別な話題がありませんか、ありますよね、と理奈が縋《すが》るような視線を向けるも、小坂は、しれっと話し続ける。

「同じ部活だったと、先ほど聞きました」

「そうなのか、高嶋」

瀬良が理奈ではなく珊慈に話を振ったことで、若干の余裕が理奈に戻ってきた。珊慈に矢面に立ってもらうことに対する申し訳ない気持ちも、再会してからの彼のややこしい態度を思えば、あまり気にならなくなってしまう。

「あ、ええ。友人との付き合いで、化学部にも籍だけ置いていたので」

珊慈が、ほんの少しだけ躊躇《ためら》ってから頷いた。他人事のような口ぶりは、波風を立てずにこの話題をやり過ごそうと思ってのことだろう。高校時代、友人達の馬鹿騒ぎから一抜けする時も、彼はこんな調子でするりと安全圏に避難していたものだった。あとから仲間に「お前だけなにを他人のフリしてンだよ」とぼやかれては、涼しい顔で「なんのこと？」としらばくれていた珊慈の姿が、理奈の脳裏に浮かび上がってくる。

だが。今、ここに集《つど》っているのは、珊慈の言葉に簡単に誤魔化されてしまうお調子者の男子高校生ではなく、社会の荒波に揉《も》まれた大の大人だ。

「それは奇遇だね。川村さん、高嶋はどういう学生でした？」

案の定、躊躇いもなく瀬良が話を続けたことで、珊慈は慌てたように身を乗り出した。

「いや、だから、私も川村さんも、他に主要な部活があってですね……」

「でも、全然知らない者同士というわけではないんだろう？」

「だからといって、ここでそれを聞きますか？」

「高嶋が秘密主義なのが悪い」

昔のことなんてどうでもいいじゃないですか、と抗う珊慈の様子を見て、理奈は思わず笑みを浮かべそうになった。珊慈が、瀬良の追及を煙たがる一方で、瀬良に構われること自体は嫌がっていないように感じられたからだ。

「そもそも、化学部って、どんな部だったんですか？」

と、いきなり話題の矛先を向けられて、理奈は反射的に背筋《せすじ》を伸ばした。えええい、なるようになれ、と、腹の底に力を込める。

「あ、ええと、週に一度、顧問の先生の指導で実験をする以外は、化学室で好きなことをしていました。本を読んだり、無駄話をしたり……。夏は、地学部と合同で合宿に行ったりして……」

仕事の打ち合わせの場で、こんな個人的な昔話をしてしまっていていいのだろうか。そんなことを考えないでもなかったが、そもそもこの場の責任者である瀬良が、率先して質問してくるのだから仕方がない。

化学部の大勢を占める兼部員の中では、珊慈は比較的真面目に活動に参加していたほうだったこと。主たる部活である剣道部では、副主将を務めていたこと。足が速くて、体育祭では色んなリレーを掛け持ちさせられ大変そうだったこと、などなど、瀬良に問われるがままに理奈は古い記憶を掘り返し続けた。

「へえ……、それじゃあ、彼、モテたんじゃないの？」

悪戯っぽい表情で、瀬良が机に肘をつく。

その一瞬、理奈の瞼《まぶた》の裏に、夕焼けに染まる教室の風景がまざまざと甦ってきた。

視界を満たす茜色の中、ふたつの影がゆっくりと重なっていく。まるで映画の中の出来事のような、ロマンティックなワンシーン。

惜しむらくは、あれは理奈にはなんの関わりもない出来事だったのだ……。

八年前から意識を引き剝がすべく、理奈は思わず頭を小刻みに振った。振ってから、これでは瀬良の問いに否定で返したように思われるのでは、と気づき、慌てて「はい！」と力一杯頷いた。

「……普通、そこは適当に誤魔化すでしょ」

あきれかえった声で、珊慈が肩を落とす。

しまったー！　と、理奈は心の中で頭を抱えた。

「あ、でも、それを鼻にかけたりとかデレデレしたりとかはありませんでしたし！」

「詳しいねえ」

瀬良が、実に楽しそうに相槌を打つのを見て、理奈は慌てふためいて言葉を足した。

「部活の他の男子が羨ましがっていたのが、自然と耳に入ってきて……」

気配を感じてふと横を向くと、小坂も、なにやらにやにやと笑みを浮かべている。

――もしかして、私、また、やらかした……？

間をもたせようとして、つい余計なことまで喋《しゃべ》ってしまう、というのは、理奈の悪い癖だった。特に相手が初対面の人間の場合に、その傾向は強くなる。その結果、「川村さんって人見知りしないよね」という第一印象を相手に抱《いだ》かせてしまうことも多かった。

――いや、まあ、確かに、普段から私、よく喋ってますけど……！

理奈が本当に人見知りしない人間ならば、こんな醜態を人前で晒《さら》すことなんて無いだろう。人見知りに見えない人見知りほど、当人にとってやるせないものは無い。

「……でも、同じクラスになったことがなかったので、私が知っているのは、これぐらいです……」

なんとか話を切り上げてから、理奈はおそるおそる正面を窺った。そもそも珊慈は、門の所で会ってからずっと、理奈に対して不機嫌そうな態度をとっている。それに加えて今しがたの暴露話だ、さぞかし怒っているに違いない、と思いきや、目の前にあるのは取ってつけたようなすまし顔で、判断に困った理奈の眉間に皺が寄る。

「貴重な話をありがとう、川村さん。高嶋、いい友達を持ってよかったな」

珊慈に笑いかける瀬良の眼差しが、思いのほか優しく見えて、理奈は少しだけ胸の奥が軽くなったような気がした。理奈が余計なことを話したせいで、珊慈に対する瀬良の評価が下がる、ということだけは、どうやら回避できたようだ、と。

部活と言えば、と、瀬良が学生時代にラグビー部だったことを語り始めた時、会議室のドアが軽くノックされた。

山本重工の制服を着た女性に案内されてきたのは、理奈も何度か社内で見かけたことのある、四十過ぎの男性だった。

「大里造船総務部の佐藤《さとう》です」

ここから先の事務方の話は、理奈のような下っ端にとっては雲の上の出来事に等しい。

自分にできることは、よい姿勢で黙って話を聞いて、真面目な顔を保ち続けることぐらいだろう。と、理奈が決意新たに居住まいを正したところで、瀬良が「ああ、そうだ」と口を開いた。

「川村さんは、確かこちらに来られたのは初めてですよね」

理奈が、はい、と頷けば、瀬良がにっこりと笑みを浮かべた。

「残るは、退屈な事務手続きの話ですから、その間、社内を見学してみませんか？　……高嶋、彼女をご案内して」

「えっ」

理奈は、言葉に詰まって、小坂を見た。

「せっかく言ってくださっているんだし、見学させていただいたら？」

「え、でも、そうだ、井神さんは……」

「井神君は前に二度ほど来てるからね」

井神が頷くのを見て、瀬良が「決まりだ」と珊慈の肩を叩いた。

「若い者は若い者同士、ってね。彼女を頼んだよ、高嶋」

珊慈がなにか言うよりも早く、田口が不満の声を上げた。

「瀬良さーん、私だって若者ですよー。まだギリギリ二十代……」

「君は主任なんだから、ここにいたまえ」

「はい……」

書類の束を抱えてやってきた山本重工の社員と入れ替わりに、理奈は珊慈とともに会議室を退出した。

珊慈に先導されて、理奈は建物を出た。

植栽《しょくさい》の向こう、何本もの管材を積んだトレーラーが、海側に向かって通り過ぎていく。潮の香りに混ざる、微かな機械油の臭い。なにか金属を打ち鳴らす音が、高く低く辺りに響いている。

きょろきょろと辺りを見回す理奈を、珊慈がちらりと振り返った。そうして「こっちだ」と言わんばかりに背を向ける。無言のままに。

——やっぱり怒っているんだろうなあ。

先刻からの彼の不自然なすまし顔を思い返し、理奈は溜め息をついた。

瀬良が「秘密主義」と評したように、高校時代の珊慈も、あまり本音を表に出すことがなかった。面倒な仕事を押しつけられても、議論を吹っ掛けられても、彼はいつもあの摑《つか》みどころのない笑顔で、するり、とその場を切り抜けていた。

人当たりがよく、友達も多くて、女子にも人気な珊慈。だが、彼が本当に屈託なく付き合っていた〝親友〟となると、理奈が思い浮かべることができるのは、せいぜい一、二名だけだ。人付き合いにオープンなように見えて、実際はかなり慎重派なのだろう。そんな彼にとって、昔の話を他人に勝手に披露されてしまうというのは、あまり嬉しいことではなかったに違いない。

――もう、本当に、私のバカばか馬鹿。

再会してからの、理奈を無視するような彼の態度にはもやもやするが、だからといって理奈の失礼がそれで打ち消されるわけではない。後悔に苛《さいな》まれながら、理奈は小走りで彼を追いかけた。

理奈達がさっきまでいた建物は、建っている場所や玄関の雰囲気を見る限り、この工場の中枢とも言うべき施設のようだった。大里造船でいうと、総務や営業の入っている総合事務所みたいなものなのだろう。珊慈が向かう先には、それよりも少し年季の入った四階建ての建物があり、どうやらそこが目的地らしい。

屋内に入ってしまう前に、と、理奈は歩調を早め珊慈の横に並んだ。大きく息を吸い込み、腹に力を込める。

「高嶋君！」

珊慈が横目でチラリと理奈を見る。

「さっきはごめんね。いや、ごめんなさい！」

そこでようやく珊慈の足が止まった。

「なにが？」

氷のように冷ややかな眼差しに、理奈は一瞬だけ怯《ひる》んだものの、勇気を振り絞って頭を下げた。

「本当、ごめん。なんか、言わなくていいことまでずらずら喋っちゃって……」

「それだけ？」

「へ？」

まだなにか私やらかしてましたか、と焦ると同時に、理奈は大急ぎで自分の言動を振り返る。

「あ……、もしかして、同じ高校だったこと、黙ってたほうがよかった？」

珊瑚の表情はぴくりとも動かない。

しかし他に心当たりがない以上、これが原因としか考えられない。理奈は奥歯に力を込めた。

「ごめんなさい。だって、まさか高嶋君がここにいるなんて思ってもいなかったから、本当にびっくりしちゃって、それで思わず……」

「プロジェクトの名簿に載ってただろ」

冷たい声が、理奈の鼻先を打つ。

たっぷり一呼吸の間悩んでから、理奈は珊瑚の誤解を解くことを優先した。こんなぎくしゃくとした関係のままでは、この先の仕事に支障が出てしまう、と思ったのだ。

「あ……、ええと……、あのね、これ、できれば他の人には言わないでいてほしいんだけど、ちょっと色々と手違いがあって、私、まだプロジェクトの資料を全然まったく読めてないんよ……」

「えっ」

珊慈の目が見開かれた。信じられないとばかりにうわずる声を聞き、理奈は大慌てで弁解を続ける。

「勿論、私も、大里造船も、いい加減な気持ちでプロジェクトに臨んでいるわけじゃないんだけど！　でも手違いが手違いで仕方なくって！」

「顔を見るまで忘れてた、ってわけじゃなかったのか」

ぼそりと零《こぼ》された呟きに、理奈は反射的に「まさか！」と首を振りまくった。忘れるどころか先日も夢に見たところだ、なんてとても言えないけれども。

落ち着いて、深呼吸。そうして理奈は「あれ？」と気がついた。

「もしかして、それで門の所からずっと不機嫌だったの？」

途端に珊慈が、狼狽《うろた》えだした。

「え、あ、いや、あー、そうじゃなくて……、そう、同じ高校だの部活だのそんなこと言わなくてもいいのに、と思って」

「本っ当に、ごめんなさい！」

理奈があらためてもう一度頭を下げると、珊慈が、ばつの悪そうな表情で視線を逸らせた。

「まあ、自分でもちょっと大人げなかったな、と思うし、もういいよ。会議室でのことだって、瀬良さんが全面的に悪いと思うし」

「でも、訊かれて応えたのは私なわけだし、本当にごめんね。なんと言うか、初対面の人間相手だと、緊張して、余計に口数が多くなっちゃうんだよ……」

「それって、普通、逆じゃない？」

見事なあきれ声が、珊慈の口から漏れた。

「いや、それがね、慣れない場ほど沈黙が怖くなって、どうでもいいことまでつるつるっと喋っちゃうのよ。間をもたせようとして」

自嘲の笑みを浮かべ、理奈は肩をすくめる。その刹那、珊慈の眼差しが、ふっ、と翳《かげ》ったような気がした。

「川村さん、全然変わらないね」

「え？」

浮かない表情にその台詞《せりふ》。つまり、高校時代からまったく進歩のない理奈に失望した、ということなのだろうか。理奈は思わず二度三度とまばたきを繰り返す。

だが理奈がなにか言うよりも早く、珊慈は何事も無かったかのように――再会してから今まで、本当になにも無かったかのように――昔と変わらぬ人当たりのよい笑みでその面《おもて》を塗り替えた。

「あらためて。久しぶり、川村さん。卒業以来だから七年ぶりかな」

「あ、うん、久しぶりだね、高嶋君。これからよろしくお願いします」

戸惑いを押し殺して、理奈も挨拶を返す。

珊慈が「さてと」と背後を振り返った。

「とりあえず、さっき瀬良さんが言ってた、プロジェクト専用フロアに案内するよ」

珊慈が社員証を入り口脇のセンサにかざすと、ガチャリと金属質な音がして扉の鍵があいた。入退出の人数をチェックしているから、と、理奈も言われるがままに首から提げていた入館証をセンサに当てる。ピッと軽やかな電子音が鳴り、これで来客一名の存在が認識されたようだ。

扉を入れれば、短い廊下が奥へと延びていた。右手の壁には扉がふたつ、その脇に警備員が立っている。突き当たりには、個人病院の受付を彷彿《ほうふつ》とさせるカウンター。そこにも警備員の姿が見える。

廊下は受付の前で左に折れ、階段とエレベータで終点となっていた。珊慈が受付の警備員に行き先を告げ、エレベータに向かう。理奈は、とりあえず「お邪魔します」と警備員にお辞儀をしてから、珊慈を追った。

目指すプロジェクト専用フロアは、最上階の四階だった。

「この階は、もう何年もずっと倉庫になっていたんだけど、瀬良さんが総務にかけあって、今回、その一部を使わせてもらうことになったんだ」

塵《ちり》ひとつ落ちていない明るいフロアは、何年も使われていなかったようにはとても見えなかった。業者か、社員か、頑張って掃除をしてくれたに違いない。

エレベータのあるホールと奥の部屋とは、透明なパーティションで仕切られていた。ガラス扉を開けけば、清掃の残り香か、微かな柑橘系の匂いが理奈の鼻腔をくすぐる。

広々とした部屋には、幾つもの机が規則正しく並んでいた。入って来た扉から見て、左側を向いて五つずつ五列、それぞれ一メートルほどの間隔で並ぶ机は、なんとなく学校の教室を思い起こさせる。自社の島型配置を見慣れていた理奈は、思わず感嘆の声を上げた。

「へー、皆同じほう向いて仕事をするんだねえ」

「え？　普通こうじゃない？」

「うちは違うよ。机と机を向かい合わせにして、端っこにお誕生日席ひっつける、アレ。職員室とかでよくあるやつ」

「正面に他人の顔があるのって、なんか落ち着かなくない？」

珊慈の問いかけに、理奈は即座に井神の顔を思い浮かべた。

「仕事に没頭している時はそうでもないけど、休憩時間とか、確かに落ち着かないかも。あ、でも、作業上のちょっとしたやり取りには、便利かな」

「それって、メリットって言うほどのものかな」

「頑張って利点を探してるんだから、そっとしておいてよ……。そうだ、あと、省スペース、って利点もあるかも」

「そんなに狭いの？　職場」

「天下の山本重工さんにそう言われちゃうと、泣くしかないわね……」

わざとらしく落ち込んでみせれば、珊慈が愉快そうに口角を上げた。

仕切り直しの挨拶以降、理奈と珊慈の間には平和な空気が流れていた。軽口を軽口で返しては、笑みが笑みを受け止める。まるで高校時代に時間が巻き戻されたかのようで、理奈はすっかり上機嫌だった。

ミーティングスペースに会議室と見てまわったところで、珊慈が少し申し訳なさそうに肩をすくめる。

「中身空っぽの部屋を見ても、あんまり楽しくないと思うけど、他のフロアも見せるとなると、セキュリティ関係の手続きが面倒でね……」

理奈は、少し慌てて「別にいいよ」と胸の前で両手を振った。

「ご厚意で見せてもらってる、ってのは充分解ってるから」

「そう言ってもらえると助かるよ。本当に」

その一瞬不意に零れた笑みが、その瞳が、本当に高校時代の面影そのままで、理奈はどぎまぎしながら、なんとか「いえいえどういたしまして」と言葉を絞り出す。

落ち着け落ち着け、と理奈が心の中で必死に自分に言い聞かせていると、突然背後でガチャリと扉が開《ひら》く音がした。

「たっかしまー！」

珊慈よりは幾分背が低いが、それでも世間一般では長身といえる、ベージュの作業着を着た若い男性が、右手をひらひらさせながら部屋に入ってきた。

「……穂積《ほづみ》さん……」

珊慈の声が、見事なまでにとげとげしくなった。仕切り直し以前に見せた理奈に対するあの冷たさなんて比ではない、露骨に迷惑そうな顔で、新参者をねめつける。

穂積、と呼ばれた男は、そんな珊慈の表情など意に介さず、ニコニコと満面に笑みを浮かべてふたりの傍までやってきた。

「高嶋が、ひとけの無い四階にカワイイ子を連れ込んだって聞いて、勇んでやってきたんだけど」

「そんなんじゃありません」

「つれないなあ。俺もまぜてよ」

「だから、大里造船の方を案内しているだけです」

すげない珊慈に対して、実に楽しそうに珊慈に絡む穂積。この人は一体どういう人なのだろう、と、頭の周りに疑問符を飛び回らせながらふたりを見比べていた理奈は、次の穂積の言葉を聞いて、雷に打たれたような気がした。

「なーんだ。噂《うわさ》の彼女登場かと思ったのに」

——ウワサ、ノ、カノジョ。

「なにを馬鹿なことを言ってるんですか」

剣呑《けんのん》な珊慈の様子を微塵《みじん》も気にしたふうもなく、穂積は今度は理奈のほうを向いた。

「あ、初めまして。僕、穂積っていいます。コイツの先輩」

「あ、初めまして。川村といいます」

反射的に挨拶を返したものの、理奈の耳の奥では、今しがたの穂積の台詞が、未だわんわんと反響していた。

――そうだよ、モテるもん、彼。彼女ぐらいいるよね……。

理奈は、胸の前でそっと右手を握りしめた。

そう、きっと、その彼女は、あの、八年前の夕焼けの――

瞼の裏に茜色が閃《ひらめ》いた、と思った瞬間、理奈の肩から、すうっと力が抜けた。

「高嶋の彼女じゃないんだったら、どう？　僕と付き合わない？」

朗らかな笑みとともに理奈の眼前に迫りくる穂積を、珊慈が容赦なく押しのける。

「お客様の前で、いい加減にしてください」

「今度こっちに出向してきてくれるんだろ？　お客様じゃなくて仲間じゃん」

「仲間というなら、余計にややこしいことはやめてくださいって！」

「じゃあ、お友達から……」

「穂積さん！」

「またね！」の声を残し、穂積は颯爽《さっそう》と去っていった。

ベージュの背中が階段の陰へ消えていくのを見送った理奈は、自分の胸の奥がすっかり凪《な》いでいることに気がついた。珊慈の出迎えを受けてからの、ジェットコースターのようなアップダウンが嘘のようだ。

――七年ぶりの再会、ってドラマみたいな展開に、うっかり振り回されちゃってたなあ……。

ふう、と息を吐き出して、理奈はそっと珊慈を振り返った。

「くっそー。あの人、絶対俺のこと、オモチャだと思ってる」

珊慈が、疲れきった表情で、すぐ傍の椅子に腰を下ろした。

「あれ？」

「え？　なに？」

「一人称、さっきまで〝私〟って言ってなかった？」

ああ、そんなことか、と珊慈が軽く息をつく。

「仕事中だからね」

「へー、大人になったんだねえ」

昔を思い出しながら、思いきってからかってみると、珊慈がムッとした表情で机に肘をついた。

「なんだよ、その上から目線」

ああ、これこれ、この表情だ。理奈は心の中でにやりと笑った。いつもクールに構えている珊慈が、心を許した人間にのみ時折見せる、素直な表情。先ほどの穂積という先輩も、顔合わせの時の瀬良プロマネも、珊慈のこんな〝素〟の顔が見たくて、ついちょっかいをかけてしまうんだろう。

懐かしさに笑みがこぼれそうになるのをなんとかこらえて、理奈は芝居がかった調子で両手を腰に当てた。

「だってさー、高嶋君、院卒でしょ？　私、学部卒だから今年で入社四年目だよ。先輩だよー」

なーんてね、と理奈が笑えば、珊慈があきれ顔で肩を落とした。

「どんだけ先輩運が悪いんだよ、俺……」

ぼやく珊慈の声音が柔らかいことに、理奈は密かに安堵《あんど》した。

――色々と失望させてしまったみたいだけれど、それでも変わらず友達でいてくれて、ありがとう。

「なにか言った？」

「ううん、別に。ところで、次はどこを見学するの？　この壁の向こうは倉庫なんでしょ？」

「ああ、そろそろ一度会議室に戻ろう。もうここはあらかた見てしまったし」

まだ若干不貞腐れた態度で、珊慈が腰を上げた。ちら、と理奈を一瞥して、そのままますたすたと部屋を出る。

階段の前に来たところで、珊慈が「そうだ」と理奈を振り返った。

「この上、屋上は立ち入り禁止だから」

「あー、それ、うちもだよ。セキュリティ上のアレコレ、って面倒だよね。春先の天気のいい日とか、屋上でお弁当食べられたら楽しいだろうな、って思うのに」

「いいや」

珊慈が静かに首を横に振った。

「え？　屋上でお弁当って嫌い？」

「弁当じゃなくて。セキュリティ上の、ってところ」

あきれたように息をついたものの、珊慈は、一転して真剣な眼差しを仄暗い階上に向けた。下唇を軽く噛《か》み、なにやら思い詰めた様子で、声を潜めて理奈に耳打ちする。

「昔、この建物が建てられてすぐの頃に、死人が出たんだよ」

「え」

理奈は知らずごくりと唾を呑み込んだ。

「強度据え置きで部品の重さを半分に、なんて無理難題を押しつけられた新人が、過労の果てにここの屋上から飛び降りたんだよ。それ以来、〝出る〟って噂で」

「でる……？」

「そう。〝出る〟」

「でる……でる……、ええと、デルというと、ベクトル解析の……」

「微分演算してどうすんの」

「ですよね……」

なんでもいいから話題を変えたくて、理奈は必死で次なるネタを考えた。ベクトル微分演算子が駄目なら、偏微分用の記号か、パソコンメーカーの名前もある。

「幽霊が〝出る〟んだよ」

「ボケる前に突っ込まないで！」

理奈は咄嗟《とっさ》に両手で耳を押さえて、話の続きが聞こえないように防御した。実は理奈は、子供の頃からずっと怖い話が苦手なのだ。

「その新人に仕事を押しつけていた先輩が、夜遅くに屋上で煙草休憩していたら、背後から声が聞こえてきたらしい」

必死で両耳を塞いだところで、声は他の経路をつたって容赦なく理奈の鼓膜を震わせる。

「『ください……』『ください……』ってね。誰か同僚が煙草をくれって言っているのか、と思って振り返ると、死んだはずの新人が血まみれで、有り得ない折れ方をした両腕を伸ばして、『重量をください……』」

と、まさにその時、臨場感たっぷりな珊瑚のかすれ声にかぶって、階段の上でカツンと硬い音がした。

「……っ!?」

驚きのあまり声も出せず、視線を逸らせることもできず、理奈は硬直したまま階段の上を見つめ続ける。

やがて微かな衣擦れの音とともに、階段の踊り場に小柄な中年の男性が姿を現した。

珊瑚が、「お掃除ありがとうございます」と朗らかな声を投げる。

「いえいえ、どういたしまして」

理奈が呆然と見守る中、男性はモップを手際よく動かしながら、ふたりの目の前までおりてきた。理奈の首にかかった来客用のカードを見て、ちょっと心配そうに背後を振り仰ぐ。

「あー、お客さんね。屋上には上がらんようにね。セキュリティに引っかかったら面倒なことになるから」

「あ……はい……わかりました……」

よしよし、と満足そうに頷いてから、男性は壁のスイッチに手を伸ばした。階上の薄明かりが消え、真っ暗闇がひと息に階段を呑み込む。

清掃の男性と別れてエレベータに乗り込んだところで、理奈は怨嗟《えんさ》の籠もった視線を珊瑚に突き刺した。

「掃除のおじさんがいると知って、私を怖がらせにかかったんだね」

珊瑚は、これ以上はないというほどのすまし顔で明後日の方角を見つめている。

「やっぱりセキュリティ上の問題だったんじゃない。なにが幽霊よ」

「相変わらず、こういう話に弱いね、川村さん」

なんですってえ、と詰め寄る理奈を、珊瑚が小さく両手を挙げて押しとどめた。

「これで、おあいこだ」

「へ？」

「さっき俺のこと後輩扱いした、お返し」

「えええ？」

軽やかな電子音とともに、エレベータが一階に到着する。

珊慈が「行くよ」とばかりに理奈の背中をポンと叩いた。

第二章

八年前のこと

それは、理奈が高校三年生になったばかりの、春の出来事だった。

その日の放課後、理奈は新入部員獲得のためのチラシの原稿を、教室に残って作成していた。演劇部の部室は、狭い上に半ば物置と化していて、机仕事など到底望めなかったからだ。

手伝ってくれるはずだった友人が急な用事で帰ってしまったため、理奈が全ての作業を終えた時には、辺りは見事に静まりかえってしまっていた。皆、帰宅するなり部活に行くなりしてしまったのだろう。

理奈は、出来上がった原稿を鞄に仕舞うと、演劇部の部室へ向かうべく教室を出た。

理奈のクラスは、三年の教室が並ぶフロアの一番端に位置している。茜色に染まる無人の廊下をのんびりと歩いていた理奈は、そこで予想もしなかったものを目撃することになったのだった。

誰もいないと思っていた教室の窓際に、夕焼けを背景に佇む人影がふたつ。

背が高いほうの影が珊瑚であることに理奈が気づいた次の瞬間、ふたつの影がそっと重なった。

咄嗟に、理奈は戸の陰にしゃがみ込んだ。

心臓が、今にも口から飛び出してきそうなほど、ばくばくと胸の中で跳ねまわっている。

――き、きききキス、した、よね、今……！

お相手は誰なんだろう、と考えるよりもなによりも、「まずい」という思いが理奈の心に押し寄せてきた。覗きたくて覗いたわけではないのに、覗きだと思われてしまったらどうしよう、と。

細心の注意を払って、理奈は身を低くしたまま廊下を進み始めた。窓の下に隠れながら、そろりそろりと移動を続け、問題の教室を通り過ぎたところで、慎重に身を起こす。抜き足差し足で、更に数メートル進み、それから、一気に小走りで階段ホールへと飛び込んだ。壁にもたれて、荒い呼吸を何度も繰り返したのち、理奈は手で両頬《ほお》をそっと押さえた。熱が籠もった手のひらよりも、頬のほうがずっと、燃えるように熱かった。

――信じらんない！

ひとけが無いとはいえ、学校の教室でキスだなんて、誰かがひょっこり戻ってきでもしたら、彼らは一体どうするつもりだったのだろうか。

――信じらんない……。

理奈は、もう一度同じ言葉を、今度は静かに胸の奥で呟いた。

それは、信じられないほど、美しい情景だった。そのまま切り取ってしまえば、映画のポスターになってもおかしくないぐらい、うっとりするほどロマンティックな恋人達の姿だった。

普段、化学室などで見かける珊慈は、ごく普通の男子だった。確かに、背が高くてスタイルはいいし、顔立ちだってそこそこ整っていて、一部の女子が「カッコイイ」と噂しているのも聞いたことがあるが、実際のところその言動は、一般的な高校生男子の枠を大きく逸脱するものではなかった。なのに――

どこかで教室の戸が開く音がして、理奈は我に返った。もたれていた壁から身を起こし、音を立てないよう注意しながら、階段をくだる。

――あんな顔、するんだ……。

理奈が彼らを目にしてから戸の陰に隠れるまで、ほんの数秒もなかったはずなのに、彼女の網膜には、柔らかく微笑む珊慈の横顔が、くっきりと焼きつけられていた。見たこともないような優しげな眼差しをして、そっと相手に手を差し出し、身を屈め、唇を重ねる、その姿が……。

何度深呼吸しても、冷たい水を飲んでも、一向に頬から熱が引いてくれなかったため、理奈はその日部室に寄ることを諦めた。

目を閉じれば、幾度となく瞼の裏に浮かび上がる、あの、絵のように美しいキスシーン。不思議なことに、珊慈の相手が誰なのか理奈にはまったく気にならなかった。ただ、珊慈の横顔に、伏せられた睫毛《まつげ》に、肩をそっと抱く指に、ひたすら魅せられた。

帰宅した理奈の赤い顔を見て、母は「熱でもあるんじゃないか」といたく心配をした。

理奈は、これ幸いと、その日の夕食を粥《かゆ》ですましてもらうことにした。なんだか胸が一杯で、食事が喉を通りそうになかったからだ。風邪気味かも、と、いつも楽しみにしているテレビも見ずに部屋に引っ込み、早々にベッドに入った。

布団の中、依然として高鳴る胸を持て余しながら、理奈は、これは恋かもしれないと思った。

始まると同時に終わりを迎えた、初恋だった。

夜が明けても、理奈の胸には、なにかが詰まったままだった。

体調はすっかり元どおりになっていたが、それでもやはり昨夕のことを——珊慈のことを思い返すたびに、僅かに鼓動は速まり、胸の奥のなにかがほんのりと熱を持つようだった。

——やだ、もう、私ったら、彼女のいる男子にときめいても無駄だってのに！

非常に間の悪いことに、今日は化学部が週に一度の実験を行う日で、しかも、まるで図ったかのように演劇部も剣道部も部活が休みになってしまい、理奈は放課後に化学室で珊慈と顔を合わせる羽目になった。

幸い、珊慈は、昨日のキスを理奈に見られたことに気づいていないようだった。

理奈は、全力で平静を装った。普段どおりに互いに軽口を交わし合うことで、彼女は、自分が一人相撲をとっているということを自身の心に刻み込もうとした。

——結局これって、どこまでいっても、私自身の気持ちの問題なんだよねぇ……。

そもそもが始まりようのない恋なのだから、気にするだけ無駄、というものである。ここは演劇部の腕の見せどころ、以前どおり〝同じ部活の友人〟という役を完璧にこなせばいい。そう心に決めると、理奈は、胸の奥にそっと蓋をした。


夏になり、理奈はその年も化学部の合宿に参加することにした。

実は、二年の夏まで理奈は化学部には所属していなかった。当時化学部の部長をしていた親友に、部外者でも大丈夫だから、と誘われて参加した合宿があまりにも楽しくて、解散場所である学校に帰ってくるなり、理奈はその場で入部届けを先生に提出したのだった。

一方珊瑚は、一年生の時から剣道部と化学部を兼部していたらしい。やはりこちらも、仲のよい友達に引きずり込まれて、ということだった。

『最初は、合宿なんかのイベントだけ参加する幽霊部員のつもりだったんだけど、これが、実際に入ってみると、思ったよか居心地がよくてさ。剣道部の練習が無い時は、結構入り浸ってる』

二年の時の合宿にて、兼部について訊いた理奈に、珊瑚がそう笑って答えてくれたことも、入部を決める後押しになったのだ……。

——一年も前の笑顔を思い出すだけでドキドキするとか、いい加減にしなさいよ、私。

我に返るなり、理奈は大きく溜め息をついた。

合宿参加者を乗せたバスは、山あいの道を快調に走っている。

キスを目撃した時から四箇月近く経ち、珊慈に対する理奈の気持ちも随分落ち着いてきていた。だが、それでも、こうやって時々うっかり油断した折に、オトメゴコロ的ななにかが表に出てきそうになる。

——もしかしたら、アイドルのファンって、こういう心境なのかなあ。

報われるはずのない想い、というのは同じだが、理奈の場合は、相手と実際に言葉を交わすことができる。果たして、これは、思いを寄せる側にとって幸せなことなのか、否か。

またも大きな溜め息が、理奈の口から漏れた。

合宿先のキャンプ場に到着したその日の晩には、肝試しが行われる予定になっていた。

グラウンドで天体観測を行ったのち、肝試しに備えて二人一組を作るように言われて、理奈は広場の隅のほうに移動した。一緒に組むはずだった親友が、元部長ということで先生達の手伝いに駆り出されてしまったため、他にあぶれた人間がいないか様子を見ようと思ったのだ。

グラウンドの周囲にまばらに立つ街灯が、ぽつん、ぽつん、と光の輪を大地に描いている。満天の星空の下、ペアを探して右往左往する人影達を、理奈が他人事のように眺めていると、後ろから声が降ってきた。

「大丈夫？」

理奈は弾かれたように背後を振り返った。

珊慈が、目の前に立っていた。

「川村さん、体調悪いんじゃ？」

「あ、まあ、ちょっと食べすぎたかなーって。キャンプのカレーって、どうしてあんなに美味しいんだろうね」

ドギマギしながら、理奈は適当に誤魔化した。まさか、本人を目の前にして、アナタのことを考えてました、とは言えないだろう。それに、調子が悪いのは事実でもあった。原因は、食べすぎではなくて、毎月のものが始まったせいだったが。

「そんなに私しんどそうに見える？」

せっかくの合宿なのに、皆の楽しみに水を差していなかっただろうかと心配になって、理奈は眉をひそめた。

その一瞬、珊慈が小さく笑みを浮かべた。

「いいや」

「そ、そう。それならいいんだけど。うん」

今の表情は一体なんだったんだろう。訊くに訊けず、理奈は足元に視線を落とす。

しばしの沈黙ののち、珊慈が事も無げに口を開いた。

「あのさ。肝試し、俺と組まない？」

予想もしていなかった展開に驚いて、理奈は勢いよく顔を上げた。高鳴る鼓動に合わせて、こめかみが痛いほど脈動している。

「え？　なんで私と？　原田《はらだ》君と組むんじゃないの？」

原田とは、珊慈を化学部に引っ張り込んだ張本人の名だ。

理奈の問いかけに、珊慈は溜め息をついて肩を落とした。

「……俺だって少しぐらいは休みたい」

「あー、そういえば、原田君、カレー作ってる間も、絶好調だったもんね……」

よく言えば「クラスや部活のムードメーカー」、悪く言えば「お調子者」、というのが、件《くだん》の人物に対する理奈の評だ。そして、同じ認識を有する人間は決して少なくはない、と彼女は確信している。

「ったく、子供じゃあるまいし、なんだよ〝必殺みじん切り殺法〟って」

「子供でしょ」

「子供だな」

互いに意見が一致したところで、ふたりは顔を見合わせてくすくすと笑った。

「高嶋君、面倒見いいよねえ。弟とか妹がいるの？」

平常心を殊更に意識しながら、理奈は〝友人〟の演技を続行する。

「いんや。姉が一人」

珊慈が弟だったと聞いて、理奈は心底びっくりした。

「へー、意外。〝弟〟ってふうには全然見えないよ！」

「五歳も離れてるからかな」

「ってことは、お姉さん、もう社会人？」

「今年大学を卒業して、今、大阪の図書館で働いてる」

「へー」

なんでもないような会話が、なんだかとてもくすぐったい。

「川村さんは、……たぶん弟がいるでしょ」

「すごい！　大当たり！」

話が弾むにつれ、色々思い悩んでいることがどうでもよくなってきて、理奈は上機嫌で珊慈と言葉を交わし続ける。

と、向こうのほうから、係の人の声が聞こえてきた。

「そろそろ肝試しを開始しますので、二人一組でこっちに並んでくださーい！」

この合宿は、地学部との合同合宿だ。化学部員の参加者は十三名で、その内、三年生はたったの四名だった。教師の手伝いに駆り出された元部長と、お調子者原田と、珊慈と理奈。化学部一筋の原田とは違って、珊慈はそれほど後輩連中とは親しくないため、珊慈が原田と組まないとなると、残る選択肢は理奈のみ、ということになるのもおかしくはない。

仕方がないか、と、理奈は腹をくくった。夕焼けキスの彼女も、お色気ゼロな理奈が相手なら安心だろう、と、半ば自虐的に頷いてみる。

「え？　なに？」

途端に、珊慈が怪訝そうに首をかしげた。

その勘のよさに内心焦りながら、理奈は両手を身体の前で振りまくった。

「いいや、なんでもないよ」

「ふうん」

ほんの一瞬目を細めて、それから珊慈は悪戯っぽく笑った。

ぽん、と、理奈の背中が叩かれる。

「じゃ、行こうか」

不意を打たれ、一気に頬が熱を帯びる。落ち着け、自分、と心の中で何度も繰り返しながら、理奈は珊慈のあとを追った。

＊　＊　＊

——だいたい、あいつ、距離が近いのよ、距離が！

気安く背中を叩いたり、背中を叩いたり！　八年前の合宿と、昼間のエレベータでの出来事とを思い出して、理奈は、自室の壁に枕を力一杯ぶつけた。

——〝仲間〟扱いされている、ってことは、嬉しいけど、けど！

「うるせーぞ、姉ちゃん！」

隣の部屋から壁越しにクレームが届き、理奈は暴れるのをやめた。既に時刻は午後十一時過ぎ。壁向こうに「ごめん！」と素直に謝ってから、のろのろとベッドから身を起こす。

——そもそも、なにが「おあいこ」に「お返し」よ。あの肝試しの時は、怖がる私をとても気遣ってくれていたのに、なにが「こういう話に弱いね」よ！

枕をぶん投げる代わりにぼかぼか殴りつけて、それから理奈はぎゅっと眉を寄せた。

「……まさか、紳士から魔王にジョブチェンジ？」

大学生活を経て就職して、と環境が変わり年ふるにつれ、誰しも変わっていくものだ。だからこそ学生時代の友人連中は、理奈のことを「幾つになってもお前は全然変わらない」と珍獣扱いするのだろう。

少しだけ冷静さを取り戻した頭に、ふと、珊慈の先輩だという穂積の言葉が浮かび上がってきた。

『噂の彼女登場かと思ったのに』

あの時の珊慈の態度を見る限り、彼は彼女のことについても秘密主義を通しているようだ。それでも噂になってしまうというあたり、やはり珊慈は会社でも人気者なのだろう。

——イケメンに優しい笑顔を向けられたら、誰だって期待しちゃうよね！　まったく、罪作りな大魔王め……。

とにかく、今は仕事だ、仕事。余計なことを考えている暇は無い。理奈はベッド脇の机からファイルを手に取った。帰社してから小坂にあらためて手渡された、今回の山本重工とのプロジェクトの資料である。

「いいものを作れたらいいなあ」

開いたファイルを目の前に掲げたまま、理奈はごろりとベッドに寝っ転がった。

第三章

合同プロジェクト始動

十月初日の朝、理奈達大里造船からの出向組は、一旦自社に出勤してから、揃って山本重工に向かった。

あらかじめ渡されていた合同プロジェクト用の身分証を提示し、神戸造船所の門を通る。目指すは、いつぞや珊慈が理奈を案内してくれた技術部の棟だ。

四階建ての建物には、正面から見て入り口がふたつあった。向かって左手、建物の東隅にあるのが前回理奈が珊慈と入った来客用の出入り口で、社員は西側の出入り口を使うようになっている、とのことだった。

前回と同様に、今度は社員用入り口のセンサに身分証をかざして建物の中に入る。

短い廊下が奥へと延び、左手の壁にふたつのドア。来客用入り口と線対称な構造かと思いきや、正面に受付は無く、どうやら廊下も真っ直ぐ奥で行き止まりになっているようだ。

手前の扉が男性用ロッカールームで、奥の扉が女性用ロッカールームだった。理奈と小坂は他の社員と別れて奥に入る。役職付きも平社員も、この棟で働く者は皆ここで作業服に着替え、荷物も携帯電話も一切合財を置いて、身ひとつで上の階へと上がらなければならない規則になっているのだ。

大里造船では、建物や部屋への入退出こそきっちり管理されているが、設計室への手荷物の持ち込みは制限されていない。スマホが手元に無い状態で長時間過ごすことなど、ついぞ経験したことがなかったため、理奈は酷く心許《こころもと》ない気分になった。

「こういうセキュリティは、社員を信用している信用していないじゃなく、顧客の要望が関係するからね」

だから仕方がないね、と小坂が嘆息した。

「顧客の要望、ですか？」

「海外のメーカーや官公庁が相手だとね、『これこれこういうセキュリティレベルの環境下で仕事をしてくれ』って、色々と厳しい条件がつけられるものなんだよ」

「大変ですね……」

「国家機密や、それに準ずるデータを扱うわけだからね」

理奈は辺りを見回した。流石は天下の大企業、普段理奈が使っているロッカールームよりも優に五、六倍は広い。

廊下の扉の位置から考えると、男性用ロッカールームは、おそらく女性用の三倍ほどの広さがあるはずだった。しかし、大里造船の技術部がそうであるように、山本重工も技術に所属する男女の人数比は三対一よりも差が大きいのではないだろうか。現に、小坂と理奈に割り当てられたロッカーの間には、空きロッカーがひとつ挟まっている余裕っぷりだ。

翻って男性用ロッカールームは、おそらく混み混みの詰め詰めに違いない。

「朝とか、この棟で働く全員がロッカールームに殺到するんですよね？　すごいことになりそう……」

「だから、今日は、私達は一旦大里に集合してからやって来たんだよ。出勤時間をずらす目的もあってね」

「なるほど」

「明日からは、混雑が嫌なら早めに来るしかないだろうね。瀬良さんは『ロッカー室の出口に渋滞ができる』って仰ってたから」

「大企業って苦労も多いんですね……」

理奈と小坂は互いに苦笑を交わし合うと、ほぼ同時に大きく溜め息をついた。


設計室への弁当の持ち込みは、透明な袋を使えば可能とのことだった。まさか弁当箱の中身まで調べられるのだろうか、と戦々恐々としていた理奈だったが、流石にそこまでチェックされることはなく、だが、警備員の鋭い視線を嫌というほど手元に感じながら、皆とエレベータに乗り込んだ。

大里造船からここに出向するのは、全員で六名。机の並ぶプロジェクト室の、出口に近い左端から二列が大里組に割り当てられた。理奈の机は、左から二番目の前から二番目。すぐ後ろの席には小坂が、左斜め後ろには井神が座る。大里造船のネイビーブルーの作業服に対して、山本重工の十人はベージュの作業服なため、部屋は綺麗に二分割にカラーリングされることとなった。

「おはよう」

そう言って、珊慈が理奈の右隣の席に座った。

「その服、F1のピットクルーみたいで格好いいね」

――開口一番、女性の服装を褒めるとか、なにこのイケメン！

これではモテるのも当たり前だわー、と思う一方で、似た台詞をどこかで聞いたような、と記憶を探れば、以前自分の弟がF1がどうとか言っていたのを思い出し、うっかり理奈はふき出しそうになった。

「なに？」

「あ、いや、なんでもないよ」

先日、後輩呼ばわりをあんなに嫌がった珊慈のことだ。「弟と同じこと言ってる」なんて言ったら、また怪談を聞かされてしまう。

「……なんでもないようには見えないけど」

「なんでもない、本っ当に、なんでもないから」

ミーティングを行います、との瀬良プロマネの声に助けられて、理奈はそそくさと席を立った。

水中ロボットの設計作業は、幾つもの班別に行われる。大きくは、ハードウェアの〝構造〟とソフトウェアの〝操縦〟の二系統に分かれ、後者には制御システム班が、前者には船殻班、艤装《ぎそう》班、電気装備班等があった。それぞれは更に細かいチームに分かれており、例えば艤装班にはマニピュレータやクローラーというように、装備や装置ごとに担当者が決められていた。

理奈は、大里造船での仕事と同様にクローラーを受け持つことになった。クローラーとは、ショベルカーなどで車輪の代わりに使われている駆動装置のことだ。キャタピラ社のものが有名なため、日本ではその商品名で呼ばれがちだが、一般名称は〝クローラー〟もしくは〝履帯《りたい》〟という。

「フリッパークローラーか……」

ミーティングが終わり自分の席に戻ってきた理奈は、出向が決まって以来、独自で集めてきた資料の束をめくりながら、独りごちた。

丁度大里造船でも、クローラー型水中ロボットの開発を進めているところだった。とはいえ、今のところはまだ、従来の潜航型ロボットを改良したものに単純なクローラーを一対つけただけで、浅いプールでの試験しか行っていない。実際の海底はプールと違って平坦ではないから、フリッパーと呼ばれる段差乗り越え用の補助クローラーを、前後に一対ずつ追加する必要が出てくる。障害物を乗り越えるといえば、クローラーが縦に幾つも繋《つな》がった蛇のようなフォルムをした、災害救助用のロボットが一般によく知られているが、理奈がこれから設計しようというフリッパークローラーとは、まさにあの蛇のクローラーを先頭から三つ切り出して使うようなものである。

ヒトが活動し得ない海の底で、ヒトの代わりに働くロボット。悪路をものともせずに動きまわることができる〝足〟をそのロボットに与えることが、理奈の仕事なのだった。

軽やかな電子音が、正午を告げる。

理奈は、机の上の書類を脇に揃えると、きょろきょろと辺りを見回した。

事前に聞いていたことだが、山本重工では多くの社員が弁当タイプの給食を利用しているらしい。社員食堂もあれば、敷地の外のお店に出ることも可能だが、いかんせんセキュリティだのなんだのと設計棟の出入りに手間がかかるため、皆諦めてお弁当の配給を受けるようになるのだそうだ。

献立が選べない、しかも量が女性にはちょっと多め、と聞いたものだから、理奈は迷わず自分で昼食を持参することを選択した。透明な鞄に入れて持ち込めばいい、という助言は、その時に受けたものだ。普通のランチバッグだと、「中を見せてください」と足止めを喰らってしまうのだという。

――こんなにも私物の持ち込みに厳しい割に、アレは問題ないんだ……。

理奈は、右斜め後方の机をちらりと横目で窺った。次いで、その右隣、更にそこからふたつ前。

プロジェクト初日にもかかわらず、何人かの山本重工社員がロボットのフィギュアを机に並べていた。大里造船でも同じようなものを机の前に飾っている人間が珍しくないことを考えると、会社の規模は関係なく、メカ屋の魂の故郷《ふるさと》は、そのあたりにあるのだろう。

――入館する時は、警備員さんにフィギュアを見せて通るんだろうなあ。

天下の大企業の精鋭が、大真面目な顔で警備員にガンダムを見せびらかす様子を想像して、理奈はなんとなく楽しくなってしまった。

と、扉の開く音とともに、「お弁当ですー」との女性の声が部屋中に響き渡った。

係の女性は席の後ろの空いたスペースにワゴンをとめると、「あとで回収しにまいります」と言い残して去ってゆく。

山本組の面々が弁当を取りに行くのを見て、大里組もばらばらと席を立ちだした。それを確認したところで、理奈も引き出しの中から自分の弁当を取り出した。

「へー、川村さん、お弁当持ってきたんだ。手作り？」

コーヒー片手に席に着いた珊慈が、感心したような声で話しかけてくる。弁当を取りに行ったとばかり思っていたが、ミーティングスペース脇にあるコーヒーサーバーが目的地だったようだ。

「一応ね。お母さんが、『もうイイ歳した大人なんだから自分でお弁当のひとつぐらい作りなさいよ！』ってうるさいから、仕方なく自分で作ってるのよ」

「ふぅん」と相槌を打った珊慈が、あれ？　と眉をひそめた。

「自宅から通ってるの？　遠くない？」

「そうだよー、って、ああ、そうか。実は、私が大学ん時に、家がたまたま神戸に引っ越したんよ」

　なるほど、と頷く珊慈に、今度は理奈が問いかける。

「高嶋君は、一人暮らし？」

「ああ」

「大学からずっとだよね」

「流石に、毎日関東までは通えないからね」

　そこで理奈は、にやりと口角を上げてみせた。

「飛行機通学とか、カッコイイじゃない」

「空港に行くまでと着いてからのほうが時間がかかるし」

「じゃあ、いっそ、小型機で直接乗りつけるとか」

　伝説に残るな、と珊慈が苦笑を浮かべる。

「就職は関西がいいなあって思って、戻ってきたんだ」

「そうなんだ」

　生まれ育った土地に愛着があるのか、それとも……、と思いかけて、理奈はふるふると首を横に振った。そんなの、関西《こっち》に待っている彼女がいるからに決まってるじゃない、と。

　溜め息から深呼吸。と、珊慈の机の上にパン屋の紙袋を見つけ、理奈は驚きに目を見開いた。

「あれ？　高嶋君、お弁当頼んでないんだ？」

「ああ。メニューを選べないのが寂しくてさ。あと、ブロイラー感が、ちょっと……」

「ブロイラー感？」

後半ひそひそ声となった珊慈につられて、問い返す理奈の声も小さくなる。

「朝、出社して、机向かって仕事して、殆ど動かないまま、ご飯届けてもらって、食べて、仕事して、……って、さ……」

このプロジェクト室はフロアの一部分しか使っていないが、人数が少ないためスペースに余裕もある。だが、二階と三階には、それぞれ何十人もの社員がみつしりと机を並べているとのことだった。大勢が部屋から一歩も出ず、その場で仕事も食事も、となると、確かに養鶏所と揶揄《やゆ》したくなるかもしれない……。

しかし、ここで頷いてしまえば、山本重工の皆さんに失礼がすぎるだろう。理奈は曖昧な笑みを浮かべると、「そのパン屋さん、美味しいよね」と力任せに話題を変えた。

幸い珊慈は特に気にしたふうもなく、「だよね」と頷きながら袋を開く。「サンドイッチ系が充実してるし、時々オマケもくれるし」

「オマケ？」

聞き捨てならぬ単語を聞き、理奈は思わず問い返していた。

「試食用の欠片《かけら》をつけてもらったことない？　ほら」

珊慈が、四分の一に切られたマフィンを袋の中から取り出す。

同じパン屋を何度か利用したことのある理奈だったが、店頭で試食サービスは受けても、お土産をつけてもらったことはなかった。

「へー、そんな有難いサービスには、一度も出くわしたことなかったよ」

「タイミングがよかったのかな」

「かもよ。私がそこに寄るのって、大抵休みの日だし」

そう返答したあとで、理奈は、待てよ、と眉を寄せた。もしかしたらそれは、珊瑚に対する店員さんからの特別サービスという可能性も無くはないのでは、そう思って。

――さっき私に声かけたみたいに、お店の人に挨拶代わりに「そのエプロン可愛いですね」とか言っちゃってたら、ヤバいよね、惚れるよね！

高校の時に化学部の後輩男子が、珊瑚に真剣な顔でインタビューしていたことがあったのを、理奈は思い出していた。

『なるほど、まずは、相手を褒めるんですね』

『おうよ。だけどな、わざとらしかったら、逆効果だからな。珊瑚みたいに涼しい顔で、今日は天気ですね、みたいなノリでだな』

『涼しい顔で、今日は天気ですね、ですね』

『にっこり爽やかに笑うのも忘れんな。とにかく、天然なのがミソだぞ。天然紳士』

『いや、でも先輩、こういうことを質問している時点で、俺は既に天然ではなくなっているような気が』

……インタビューといっても、珊瑚は苦笑を浮かべるばかりで、その代わりに友人の原田が一人勝手に盛り上がっていたわけではあるが。

そういえば、靴箱の前で、クラスメイトにラブレターを見られた珊慈が「両方と付き合っちまえば？」と煽《あお》られているのを耳にしたこともある。「そんなこと、できるかよ」と一蹴した珊慈に、理奈は心の中で喝采《かっさい》を送ったものだった。

——惚れ直す、というよりも、あの時はもう既に、近所の若いカップルを見守るオバチャンの心境に近かったかも。

高校時代の出来事を思い出して、理奈はちらりと横目で珊慈を窺う。

——本当に、高嶋君の彼女は幸せ者だよ。

溜め息ひとつ、そうして卵焼きを口に頬張った。


お昼を食べ終えた理奈は、コーヒーを入れにミーティングスペースのほうへ向かった。タンブラー型の水筒を手にした小坂とコーヒーサーバーの前で鉢合わせし、何度か互いに順番を譲り合ったのち、小坂が先にコーヒーを入れる。

「どう？　フリッパーいけそう？」

コーヒーの香ばしい香りと湯気に包まれながら、小坂が事も無げに理奈に問いかけてきた。

その問いの重さに気づいて、理奈は思わず居住まいを正す。

「やれると思います」

躊躇いや不安を呑み込んで、理奈はきっぱりと言いきった。

「そっか。よかった」

嬉しそうに微笑んでから、小坂は僅かに声を落とした。

「実はね、川村さんをプロジェクトに出すか、ギリギリまで決まらなかったんだ」

「え？」

大里社内でクローラー担当である理奈を、このプロジェクトから外すということは、クローラー部分は山本重工に丸投げするつもりだったのだろうか。だが、クローラーは既に大里造船でも開発を始めている技術だ。この貴重な機会を、みすみす見逃すとは思えない。ということは、理奈には荷が重いと思われていたのだろうか。嫌な考えが瞬時にぐるぐると理奈の頭の中を巡る。

小坂が、小さく息を呑んだ。

「ああ、誤解しないで。川村さんの能力を疑っていたわけではないんだよ。現に、候補者のリストには早い段階から川村さんの名前が入っていたし。ただ、川村さんもフリッパー型は未経験でしょ。それならば彼女にこだわる必要はないのでは、という意見が出されてね。どうせならこの機会に他の人間にもクローラーを学ばせたら、なんて、人材育成論まで飛び出してきて、それの調整に手間取ってしまってね……」

「それで私になかなか内示を出せなかった、というわけなんですね」

「そうなんだよ。せっかくの貴重な機会なだけに、皆、普段以上に慎重でね。なかなか話がまとまらなくて。挙げ句の果てに、あの資料紛失でしょう。川村さんには本当に色々と迷惑をかけてしまったね」

すまない、と小坂に謝られてしまい、理奈は心底慌てた。わたわたと両手を振りつつ、気にしないでくださいよ、と返す。

「人材育成を重視するからこそ、私は川村さんに一緒に来てほしかったんだ。これからもよろしく頼むよ」

すっかり嬉しくなって、理奈は「はい！」と力一杯頷いた。

＊　＊　＊

理奈達が山本重工に出向して二週間が経った。

プロジェクトに参加している大里造船の社員には、出向組の六名とは別に、大里造船に残って作業をするメンバーもいる。プロジェクトに必要な機材やデータを、全て社外に持ち出すわけにはいかないからだ。そういった〝残留組〟とは専《もっぱ》らメールを使ってデータのやり取りを行っているが、それにはどうしても限界があるため、必要が生じる都度、誰かが大里本社と山本重工を往復していた。

この日は、構造要素試験に使用した部品の試作品、いわゆる〝供試体〟を残留組に渡すために、理奈が大里へ帰ることになった。

「一応写真と動画は送っておいたんだけど、やっぱり直《じか》に見てもらったほうがいいと思ってね」

小坂から大きな紙袋を受け取りながら、理奈も「ですよね」と相槌を打つ。

「もう十九時過ぎているし、これをガマさんに渡してくれたら、そのまま家に帰ってしまっていいよ」

ガマさん、とは、蒲生《がもう》という名の、残留組のまとめ役のことである。小坂の先輩にあたるが、マネジメントは向いていないんだ、と、役職に就くことを頑なに拒んでいる、永遠の平社員（本人談）だ。

理奈が、わかりました、と頷いた時、瀬良が、「ちょっといいですか」と横から声をかけてきた。

「大里造船の皆さんにもこれを差し上げたいのだが……」

瀬良が差し出した手提げ袋に入っていたのは、大きな缶に入ったキャンディだった。昨日、瀬良がプロジェクト室に持ってきて、今も部屋の共用机にコーヒーサーバーと一緒に置いてあるものと同じ、奥さんのフランス土産だ。未開封のお菓子ならば、理奈のお弁当同様セキュリティのチェックもそこまで厳しくはないらしい。

礼を言う理奈に手提げ袋を手渡そうとして、瀬良は眉間に皺を寄せた。

「しかし、荷物になるなあ」

少し悩んでから、瀬良は「そうだ」と小さく口の端を上げた。

「高嶋、ちょっと」

丁度、外から戻ってきた珊慈を、瀬良はちょいちょいと手招きする。

「なんですか？」

「今から川村さんが大里造船に戻るんだけれど、高嶋も荷物持ちについていってくれないかな。いいですか？」

最後の「いいですよね？」は、小坂と理奈に向けられた言葉だった。一拍置いて小坂が、「構いませんよ」と頷く。

「荷物持ち？」

怪訝そうに問い返す珊慈に、瀬良はさっさと手提げ袋を押しつけた。

「これを、向こうの皆さんにお渡しして。ついでに仕事場を見学させてもらったらいい。今日はそのまま直帰でいいから」

「あ、はい。わかりました」

「振り回したりしてキャンディが割れてしまわないよう、くれぐれも気をつけてな」

袋を受け取った珊慈が、テキパキと自分の机を片付けにかかる。理奈は神妙な顔で「お手数をかけます」と頭を下げた。

駅は家路に急ぐ人々でごった返していた。荷物を抱えて混み合う改札を通り抜け、ようやくホームに上がることができて、理奈は一際大きな溜め息をついた。

「高嶋君が来てくれて助かったよ。私ひとりじゃ、人混みに揉まれて、会社に着く頃にはキャンディが粉々になってるかも」

理奈の苦笑に、珊慈はあきれ顔で応えた。

「ひとりだったら、その時はキャンディなんて置いていったらいいんだって」

「いや、でも、せっかく瀬良さんがくださったんだから、早く皆にも食べてもらいたいし。美味しかったよね、このキャンディ。流石は、おフランス」

「何故そこに『お』をつける」

的確なツッコミを受けて理奈が心密かに喜んでいると、電車の接近を知らせる電子音がホームに鳴り響いた。

満員の電車が停車するのと同時に、待っていた人々の列が、降りる人に道をあけるために扉の両脇へと避ける。理奈も人の流れに従って扉の右側へと移動しようとしたが、順番を無視して横から飛び出してきた人にぶつかってしまい、転びそうになった。

次の瞬間、大きな手のひらが理奈の背中を支えてくれた。

高嶋君だ、と、思った途端、理奈の心臓が暴れ始めた。とりあえずお礼を言わねば、と、つっかえつっかえ言葉を絞り出す。

「あ、ありがと……」

「え？」

珊慈に不思議そうに問い返されて、理奈は目をしばたたかせた。

転倒から助けてくれた手は、理奈の背中から既に消えている。

――あれ？　今確かに、高嶋君が支えてくれたと思ったんだけど、勘違いだった？

「どうしたの？　川村さん、乗るんでしょ？」

珊慈が、怪訝そうな顔で扉を指し示した。

降りる人がいなくなった車内に、乗車待ちの人の列が、前から順に呑み込まれていく。

「う、うん」

珊慈に追い立てられるようにして、理奈は扉へと進んだ。

電車に乗り込む瞬間、なんとなく気配を感じて振り返った理奈は、階段を駆けあがってきた人が、そのままの勢いで自分のほうへ突進してくるのを見た。

危ない、と思う間もなく、理奈の視界を珊慈の背中が遮った。

珊慈によって、さりげなく、だが問答無用にブロックされたその人は、ばつが悪そうな表情で、珊慈の脇へとそっと身体を滑らせてきた。

扉が閉まります、のアナウンスとともに、ホームの喧騒から切り離される車内。

理奈は、荷物を持っていないほうの手で、高鳴る胸をそっと押さえた。

――今、確かに、タックルかまそうとしていた人から守ってくれたよね。

先刻も、転びそうになった理奈を、珊慈はそっと支えてくれた。たぶん。いや、きっと。

そう、間違いなく。

――全然押しつけがましくなく、さりげなく手助けして、本人は素知らぬふうだとか、一体なにこの紳士！

理奈が心の中で思いっきり叫んだタイミングで、電車がカーブに差しかかった。遠心力の不意打ちを受け、理奈はなすすべもなく背中から倒れかける。

力強い手が、すんでのところで理奈の腕を掴んだ。

なんとか体勢を立て直した理奈は、もたれかかってしまった背後の人に「すみません」と謝ってから、おずおずと前を向いた。

珊慈が、理奈の腕を掴んでいた。袖口にかかる指から、彼の体温がじんわりと伝わってくる。

「……ありがとう」

理奈は小さく頭を下げた。恥ずかしさやら情けなさやら色んな感情が胸に押し寄せてきて、心臓が今にも口から飛び出してきそうだった。この分では、おそらく今、自分の顔は真っ赤になってしまっていることだろう。顔を上げづらくて、理奈は下を向いたまま、ぎゅっときつく両目をつむった。

――こういう時って、どんな顔をしたらいいの？　誰か教えてー！

珊慈の手が、理奈の腕から、そっと離れる。

「こういうどんくさいところも、本っ当に、昔と変わらないなあ」

「ええっ？」

ノーガードのところに打ち込まれた、思いもよらない珊慈の言葉を受け、理奈の気持ちが一瞬にして切り替わった。

「『昔と変わらず』って、私、そんなにどんくさかった……？」

「え？　……あ、ええと……それは……」

切り返しがストレートすぎたか、珊慈が言いよどむのを見て、理奈は慌てて言葉を足した。

「いや、確かに、私が昔っからどんくさいのは間違いないからそれはそれで別にいいんだけど、ただ、私、そんなに高嶋君の前でやらかしてたかなあって思って……」

理奈は、珊慈とは一度も同じクラスになったことがなかった。部活にしても、理奈にとってメインの部は演劇部であり、そちらを引退するまでは化学部には大して顔を出せなかった。そして、それは剣道部がメインであった珊慈も同様だろう。

「ええっと」と少し考え込む素振りを見せてから、珊慈は真顔で、一つ、二つ、と指折り数え始めた。

「なにも無いところでつまずいたり、教室の扉に手を挟んだり、黒板消しをはたこうとして手からすっぽ抜けさせたり、歩道の縁石踏み外したり、定期を出そうとしてケータイ落としそうになったり、靴紐踏んで転びそうになったり、鞄を」

「いや、もう、わかったから、ごめん、ちょっと、勘弁して」

よどみなく語られる、身に覚えのありまくりな出来事の数々に、理奈は必死でストップをかけた。

「でも、クラス一緒になったことないのに、なんで黒板消しのこととか知ってるのよ……」

理奈が唇を尖らせると、珊慈がすまし顔で口角を上げた。

「降りる駅って、次でよかったっけ？」

「話を逸らさない」

一体誰に聞いたのよ、と理奈がぼやくも、珊慈は涼しげな眼差しを返してくるばかりだった。

そのあとは特に何事もなく、ふたりは平和裏に大里造船に到着した。

小坂が連絡を入れてくれていたおかげで、珊慈の入館証は既に用意されていた。門のところでそれを受け取り、設計室のある技術棟へと向かう。

設計室に入ると、半数ぐらいの人間がまだ残業中だった。

理奈は、視線の合った数人に会釈をしたのち、特装課の島にひとりだけ残っていた、四十代半ばの男性社員の所へと真っ直ぐ向かった。この人が〝永遠の平社員〟の蒲生、通称ガマさんだ。

「お、川村さん、供試体持ってきてくれたんだ？」

短く刈り上げた頭をさすりながら、ガマさんは「やっぱり、現物を見ないとねえ」と満面の笑みを浮かべた。理奈が差し出した紙袋を嬉しそうに受け取って、そこでようやく珊慈の存在に気づき、慌てて頭を下げる。

「ああ、こりゃ、失礼しました。山本重工の方ですね」

「海洋事業部技術部の高嶋です」

珊慈が、きびきびとした動きで名刺を差し出した。

「これはこれはご丁寧に。特殊装備開発課の蒲生です」

挨拶を交わすふたりを、理奈が黙って見守っていると、ちら、と、珊慈と目が合った。

一瞬、珊慈が決まりの悪そうな顔を見せる。

取ってつけたようなよそゆき顔を、まじまじと見られたくないのだろう。その気持ちは理奈にもよくわかったから、理奈は慌てて珊慈から視線を外す。

「課長の瀬良から、これをことづかってきました。皆さんでお召し上がりください」

「おお、ありがとうございます」

お召し上がりください、という言葉を聞きつけたか、フロアに残っていた女子社員が、一斉に背筋《せすじ》を伸ばしてこちらを窺い始めた。その様子が、草原で遠くを警戒するプレーリードッグを思い起こさせて、理奈は思わず笑みを浮かべる。

キャンディ缶を受け取ったガマさんが、向こうの島にいる豊田を手招きした。

「豊田さん、そんな所で、可愛らしくプレーリードッグの真似なんかしてないで、取りにおいで」

――ガマさん、同じこと考えてた！

つい、ふき出しそうになって、理奈は慌てて顔を伏せた。あの姿勢と動きは、やっぱりプレーリードッグっぽいよねえ、と思いながら。

いそいそと近寄ってきた豊田は、ガマさんからキャンディ缶を受け取ると、珊慈に「ありがとうございます」と頭を下げた。それから、しずしずと廊下沿いの壁際を奥のほうへ歩いていった。

設計室には、廊下に面して三つの入り口がある。階段に一番近いのが、特装課の島のすぐ傍の、理奈達がさっき入ってきた扉で、壁沿いに数メートル進んだところに二つ目の扉があった。

キャンディ缶を持った豊田が目指しているのは、その二つ目の扉のすぐ手前、幾つものお菓子が置かれた空机だった。これが、各人が持ち寄ったお菓子や、会社で購入したお菓子などを置くための〝おやつ机〟で、ここにあるお菓子は、節度さえきちんと守れば、いつ誰がなにを食べてもいいことになっている。

おやつ机の傍に到達した豊田は、未だプレーリードッグ状態の他の女子社員に、いつもの調子で声をかけた。

「おフランス製の飴ちゃん、いただいたでー。むっちゃ美味しそうやでー」

それを合図に、女性陣がばらばらと席を立つ。おやつ机に集まった彼女達は、声を揃えて珊慈に礼を言ってから、めいめいひとつずつキャンディを手にした。それから、まだまだ沢山キャンディが残っている缶を、宝物のように恭しい手つきでおやつ机に置く。

美味しー、との彼女達の声を聞いて理奈がひとり頷いていると、横に立つ珊慈が、ぼそりと呟いた。

「本当に、『お誕生日席』並びなんだな」

机の配置について言っているのだと気がつき、理奈は小さく頷いた。

「全体的に人口密度高い感じでしょ」

「うん。でも、詰まってる、というよりも、なんて言ったらいいか……、まとまっている、って感じがするな。これはこれで雰囲気がいいなと思う」

思いもかけない褒め言葉に、理奈の頬が緩む。

「そうだね、確かにうちはアットホームかも」

上機嫌で言葉を返したその時、理奈の視界の端に、なにかひらひら動くものが引っかかった。なんだろう、とそちらを向けば、豊田が理奈を手招きしている。

理奈は、珊慈に一言断って、豊田の席へと向かった。

「ねえちょっと、川村ちゃん。飴ちゃんくれたあのイケメンやけど、名前なんていうん?」

声を潜めて問うてくる豊田の眉間に、深い皺が刻まれているのを見て、理奈もつい眉を寄せた。

「高嶋……さんですか?」

同い年とはいえ他社の人間を〝君〟づけで呼ぶのはどうかと思い、理奈はなんとか〝さん〟づけに直す。

「タカシマ、って、シマは島根の〝島〟やなくて、ヤマヘンの〝嶋〟？」

いつになく深刻そうな豊田の表情に、理奈の胸の奥がざわめき始めた。

「そうですけど……」

「歳は、二十六歳か二十七歳？」

「ええ」

「やっぱりな。間違いないわ」

なにやら合点のいった様子で大きく頷いたのち、豊田は更に声を潜めた。

「川村ちゃん、あいつには気をつけや」

「はぁ？」

思わず素っ頓狂な声を上げた理奈に、豊田が、静かにしろ、と人差し指を口に当てる。

「あの顔どこかで見たわ、って、さっきから気になってたんやけど、思い出したわ」

真剣な表情で、豊田は語り続けた。

「ウチな、川村ちゃんと同い年の従妹《いとこ》がおるんやけどな、その従妹が学生時代に、好きな人や、って見せてくれた写メの男にそっくりやねん。高い低いの〝高〟にヤマヘンの〝嶋〟でタカシマっちゅう名前や、って言ってたから、たぶん絶対間違いないわ」

「従妹さんが、ですか？」

まさかの世間の狭さにはびっくりだが、珊慈がモテることについては別に珍しいことでもなんでもない。それで一体なにに気をつけろというのだろうか、と、理奈は怪訝に思いつつ首をひねる。

「それがな、それから何箇月も経たへんうちに、従妹が今度は泣きながら電話してきてなぁ。『高嶋君が、彼女をとっかえひっかえしてた。あんな人とは思わなかった』って」

——とっかえ、ひっかえ?

考えもしなかった展開に、理奈の思考は一瞬真っ白になった。

「女の敵め、ウチが代わりにどつきに行ったるわ! って、一瞬本気で考えたんやけど、従妹に止められて諦めた、ってことがあってな。だからよく覚えててん。昔のことやし、もしかしたら悔い改めているかもしれへんけど、一応、気ィつけといたほうがいいと思うねん」

豊田は、心から理奈を案じているふうに見えた。あること無いこと吹き込んで、場をかきまわそうとしているようには、理奈にはとても思えなかった。

「あ、ありがとうございます……」

必死の思いでそれだけを返して、理奈は豊田の席をあとにした。

穏やかな物腰に、爽やかな笑み、加えてなによりあの超絶紳士っぷり。見方によっては、確かに珊慈は女たらしに見えないこともない。ファッション雑誌に載っているような服を着て、街なかでナンパでもしてみたら、一日に何人もの女の子を引っかけられることは間違いないだろう。

でも、彼の素顔は、たぶん、そういった見た目とは別のところにある。机の間を歩きながら、理奈は胸の内でそう独りごちた。そっと目を閉じれば、難しい顔でディスプレイに向かう珊慈の姿が、瞼の裏に浮かび上がってくる。

――昔と変わっていないのか、変わってしまっていることに私が気がついていないだけなのか。

紳士な騎士に魔王が加わったかと思えば、とうとう〝とっかえひっかえの女タラシ〟まで出現してしまうとは。あまりのややこしさに、理奈は大きく息をついた。自分がこういう人間関係の機微に疎い、という自覚があったからだ。

――誰か、空気を読むスキルを分けてほしい……。

またも深い溜め息が、理奈の口から漏れ出《い》でた。

無事任務をこなし、大里造船を出た理奈と珊慈は、ひとけの無い街路を駅へ向かって歩いていた。

関西では比較的温暖な神戸も、十月も中旬となると、日が沈めばそろそろ冬支度を考えずにはいられない。理奈は薄手のコートの前を合わせながら、カーディガンも持ってくればよかったな、と、少し後悔していた。

「なにか、調子悪い？」

唐突に、珊慈がそう訊いてきた。

先刻豊田から聞いた話が気になって、珊慈との会話に身が入っていないことが、彼にはお見通しだったのだろう。この空気を読むスキルが羨ましい、と思いつつ、理奈は殊更元気に首を横に振った。

「え？　そんなことないよ！」

「ふうん」

物言いたげな眼差しが、理奈を射る。

なんとか話を逸らさなければ、と焦る理奈の目の前に、珊慈がまわり込んだ。行く手を塞がれ、理奈は驚いて足を止める。

「手、出して」

「は、ハイ……？」

わけがわからないままに、理奈は素直に両手を前に突き出した。

「あ、いや、片手だけでいいから……。その、正拳突き《せいけんづ》するんじゃなくて、手を開いて……。あのさ、手のひらは上に向けようか」

最初にボタンを掛け違えると後々まで尾を引く、ということを身をもって体験し、ようやく彼の望む状況に到達したところで、理奈の手のひらにキャンディがひとつ乗せられた。

「はい、これ食べて元気出して」

これ見よがしにわざとらしい笑顔を作る珊慈に、理奈の肩から力が抜けた。

「わーい、ありがとー。って、私は小学生か」

「おフランス製だよー」

「やったー、うれしいなー」

　とりあえず棒読みで応えてから、理奈はあらためて珊慈の顔を見上げた。

「ありがとう」

　とっかえひっかえなタラシだろうが、なんだろうが、今は、彼が自分を力づけようとしてくれていることに素直に感謝しよう。そう思って、理奈は心からの笑顔を浮かべた。

　その刹那、珊慈の表情が僅かにこわばったように見えた。

　だが、理奈が怪訝に思う間もなく、珊慈はすぐにいつものとりすました顔に戻る。

「ところでさ、川村さんはどうしてこの仕事を選んだわけ？」

　再び駅への道を歩きながら、珊慈がなんでもないふうに問いかけてきた。

　思えば、大学受験で工学部を選んだ時にも、親戚や友人からこういった質問を受けたものだった。理奈は、ちょっとばかり懐かしい心地とともに珊慈を見やった。

「無敵なロボットを作りたかったんよ」

「ガンダム？」

　過去にもここで他のロボットの名前が出てきたためしは無かった。すごいなガンダム、とその存在感に内心で感心しつつ、理奈はゆるりと首を横に振った。

「別にガンダムに限った話じゃなくて、トランスフォーマーでもレイバーでもなんだっていいの。要は、人間にできないことを代わりにひょいひょいっとしてくれるロボットを作りたかったのよ」

なるほど、との相槌に、理奈も大きく頷き返す。

「私、ほら、弟もいるし、お父さんやお母さんも結構SF映画とかアニメとか好きなほうだから、小さい頃からロボットが活躍する話が身近だったんだよね。で、最初のうちは操縦する人になりたかったんだけど……」

幼稚園時代の理奈の『おおきくなったらロボットのうんてんしゅさんになる』と書かれた短冊を、母は未だに大切に保管しているらしい。ちなみに、短冊の隅には『むりなら、おいしいケーキやさんになります』との第二志望もちゃっかり用意していたが、とりあえず今は関係の無い話である。

「小学生になってすぐぐらいに、なにかの崖崩れのニュースを見て、どうしてロボットが来ないんだ、ロボットならすぐに助けられるのに、ってプンスカ怒ってたら、お父さんが『理奈が言うようなすごいロボットは、まだどこにも存在しないんだ』って言って、それがものすごくショックでね。『それじゃ、私が作る！』って――」

「そんな小さな頃から!?」

「――って言ってた、ってことを、高校の時に思い出してね。災害救助とか資源探査とか介護とか、これからの時代はロボットだ、これなら食いっぱぐれないぞ、って思って、それで」

「無邪気で夢のある話から、なんかすごく現実的なところに着地したなあ……」

感心半分あきれるの半分といった表情で、珊瑚がしみじみと呟く。

現実大事、と、理奈は大袈裟に胸を張ってみせた。

「高嶋君は？　どういう理由でこの仕事を？」

「仕事、っていうか、機械系に進んだのは、就職が楽そうだったから」

「実に現実的でよろしい」

「あと、まあ、乗り物とかメカとか好きだったし」

「無邪気な夢もバッチリですな」

上手く話が落ち着いたところで、ふたりは互いに顔を見合わせて笑い合った。


翌日、山本重工に出社した理奈は、昨晩は無かった書類がキーボードの下に置かれているのを見た。

それは、昨日、理奈が珊慈に頼んだ、クローラーの部品の構造解析の結果だった。昼過ぎにお願いしたものの、珊慈が所用で席を外したり、理奈の荷物持ちに駆り出されたりした結果、今日に持ち越されることになったはずの仕事だった。

理奈は驚いて珊慈の机を見やった。

珊慈はまだ出社していない。

「あれ？」

理奈が思わず発した声を、たまたま机の横を通りがかった井神が聞き咎《とが》めた。

「なんだ、なにか問題が？」

「あ、いえ、昨日、もしかして高嶋さん、ここに戻って来られたのかな、と思って……」

「きちんと帰ってきて、仕事の続きをしていたな」

お前と違って、という井神の眼差しを、理奈は見なかったことにした。小坂が直帰でいいと言ってくれていたのだから、井神に文句を言われる筋合いはどこにもない。

井神の背中を見送ってから、理奈は、あらためて手元の書類に目を落とした。

仕事に関しては、昔と変わらずきちんとしているんだね、と、理奈は頬を緩ませた。元々が真面目な性格なのだから、とっかえひっかえの件にしても、もしかしたら大学を卒業して〝悔い改めて〟いるかも。と、そこまで思いかけて、理奈ははっと我に返った。

――いやいや、今のは、高嶋君の彼女のことを心配してただけだから！

簡単に赤くなる自分の顔を恨めしく思いながら、理奈はそそくさとマシンの電源を入れた。

第四章　スパイククローラー

「なあ、高嶋ちゃん、ちょっといいか」

　十月下旬のその日、昼休みが終わってすぐ、珊慈の後ろの席の山本重工の社員――理奈が密かに「一本角のガンダムの人」と呼んでいる四十代後半の男性社員――が、眉間に皺を寄せて珊慈を手招きした。

「どうしました、刈谷《かりや》さん」

「これなんだけどさ……」

　刈谷の声に不穏なものを感じとって、理奈は耳をそばだてた。

　珊慈も不安そうな表情で席を立ち、刈谷の横からディスプレイを覗き込む。

「機体のここの、この形状、実は前からちょっと気になってたんだけどさ、これ、潮の流れが横からぐわーって来ると、こう、浮いたりしないだろうか？」

　ふむ、と珊慈が考え込む。

　ふたりのやり取りに気づいた田口が「ミーティングスペースに行きましょうか」と声をかけ、場所を変える。

　各人の机が並ぶその奥には、大きな机がひとつあった。まるで卓球でもできそうなぐらいに広い天板は、大きな図面を広げるためのものだ。田口はその大きな机の脇にある端末に刈谷の言うデータを表示させると、「ふむむむ」と唸り声を漏らした。

「潮の流れって、どんな感じでしたっけ」

「あ、私、持ってます」

理奈は机上のファイルの束から、日本近海の潮流のデータをまとめたものを持って田口達のもとへと寄った。

船殻や艤装の他の担当者も、手が空いた者がばらばらと席を立ち、共用机の前に集まってくる。

「浮きますかね」

「浮くっていうか、こう、ふわっと不安定になるような気が……」

「転倒は？」

「流石に、そこまで迂闊《うかつ》じゃあないでしょう」

田口と刈谷が応答している横で、珊慈が顎に右手を当てて考え込んでいる。

今回のプロジェクトに限らず山本重工では、設計の根幹となる流体解析は、ここに集う皆が所属する船体構造課とは別の、研究課という名の部署が一手に担っていた。刈谷の口調がどこか他人事なのは、そのせいだ。

「頑張って軽くしすぎましたか」

「でも、軽くしないわけにはなあ」

今、理奈達が開発しようとしている水中ロボットは、ＳＦ映画に出てくるような単体で自由に動くことのできるロボットではなく、海上からケーブルで電力を供給したり操縦したりするタイプのものだ。ロボット本体が重ければ重いほど、ケーブルに対する負担は大きくなるし、操作性も悪くなる。そういった点を考慮して、できる限り機体が軽くなるよう設計を進めているところなのだ。

「この形なら、浮くまではいかないと思いますね。勿論、転倒することもないかと」

黙って画面を見つめていた珊慈が、ようやく口を開いた。

「流体畑の高嶋がそう言うなら、安心だな」

田口が、皆が、ホッと安堵の溜め息をつく。

理奈は、念のために確認しておきたくて、「あのー」と右手をおずおずと挙げた。

「浮くほどじゃなくても、ふわっとしてしまってクローラーが空回りする、なんてことは……」

その場に集まっていた全員が、ハッと息を呑んだ。

刈谷が「それだ」と両手を打つ。

「ふわっとしそうだ、と思った時に、なんかマズい感じがしたんですよ。そう、クローラーだ。それだ」

「ちょっと待ってください」

勢い込む刈谷に、いつの間にやってきていたのか、井神が水を差した。

「本当に空回りするのですか？　根拠はありますか？」

「根拠は……、その、長年の経験から、ですかね……」

「それだけですか」

井神の冷ややかな言に、刈谷が露骨に鼻白む。

慌てて田口がふたりの間に割って入った。

「まあまあ、刈谷さん。実際、研究課に解析のやり直しを頼むとなると、経験論だけでは無茶苦茶渋られるのは確かですし……」

と、そこでチラっと珊慈に視線を投げる。珊慈は、田口に小さく頷き返し、強い瞳で井神の前に進み出た。

「私がざっと計算してみます。その結果を見てから、もう一度ご助言をお願いできますか」


その日のうちに珊慈が出した計算結果は、刈谷や理奈が懸念したとおりのものだった。現在は専門ではないものの、名だたる大学の院で流体力学を学んでいた珊慈の意見は、すんなりと皆に受け入れられ、そのデータは研究課の流体担当に差し戻されることになった。

そして、翌々日。プロジェクトのメンバー全員が、会議室に集められた。

「なにはさておき、この『クローラー空回り事案』について早めに気づくことができて本当によかった」

プロジェクトマネージャーの瀬良は、開口一番そう言った。

「船殻と艤装の両方が関わり合ってこその問題だからね。場合によっては試験機を作ってしまうまで、このミスに気がつかなかったかもしれない」

苦笑を浮かべる瀬良に、田口が意外そうに眉を上げた。

『ミスだ』って認めたんですか」

「話を持って行ってすぐは不満そうにしていたがね、高嶋の報告書を読むなり、覿面《てきめん》に慌てだしたよ。高嶋、よくやった。刈谷さんも、川村さんも、よく気づいてくれました」

褒められて照れる理奈の背中を、小坂が「やったね」とばかりにポンと叩く。

「さて、話はここからだ。どうやらこのままではクローラーのグリップ力が期待値に届かなくなってしまう。ついては、どうやって対処すればいいかを皆で考えよう」

瀬良の言葉が終わりきらないうちに、田口がホワイトボードの前に立った。専用のマーカーのキャップを外すと同時に、前のほうの席から声が上がる。

「本体の形状を変える」

田口がスラスラとホワイトボードに書き記す。

「どう変える？」

「潮流を受けると下向きの力が加わるようにするとか」

「操作性が悪くならないか」

「モーターパワーが足りなくなる」

「生じる力をどうやって制御するのか」

会議室のあちこちから、間断なく意見が飛び出してくる。それを田口が、メリットとデメリットを対比させるように板書してゆく。

「潮流に対して、抵抗を減らすように形を変える」

「そもそも本体の形を変えてしまうと、中の機器が入らなくなるのでは？」

デメリットが大幅に上回っているのを確認するや、田口が〝本体の形状を変える〟に取り消し線をシャッと入れた。

「ええと、重量を重くする」

「それこそ、モーターパワーが足りなくなる」

「ケーブルの強度も考えないと」

今度は〝重くする〟に取り消し線。

まるでテニスかなにかのラリーのような、ポンポンと打てば響く一連のやり取りに、理奈達はすっかり度肝を抜かれていた。大里造船での会議は、基本的に意見のある者はまず手を挙げて、指名されてから発言する、という形で進められていたからだ。勿論、内容によっては今回のように発言者同士での活発なやり取りが見られることもあったが、基本的には司会者が場を取り仕切ることが主だった。

大里組の面々が呆然と見守る中、山本組はどんどん会議を進めてゆく。

「フリッパークローラーの数を増やす」

自分の担当が話題に上がって、理奈は思わず両手を握りしめた。流石は天下の大企業、優秀な人材が揃ってこそのこのスピーディなやり取り、しがない地方企業の社員には、ついていくだけで精一杯だ。でも、だからといって諦めて全てをお任せにしてしまいたくはない。

「クローラーの制御システムを変更する必要がある」

「重量が増える」

「可動部が増えると、故障の原因が増える」

彼らの問答を聞いているだけで、理奈の心臓は早鐘を打った。緊張感が、胃の下の辺りを冷たい手で捻《ひね》りあげている。この場から逃げ出したくなる弱い心を奥歯で噛み砕いて、理奈は思い切って声を上げた。

「あ、あの、クローラーにスパイクをつける……！」

グリップ力を高めるために、ベルト全面に野球のスパイクシューズのような出っ張りをつけてはどうか、と理奈は思ったのだ。

〝クローラーの数を増やす〟に取り消し線を引いた田口が、〝スパイククローラー〟と板書した。

「重量は……そこまでは増えないか」

「有効性を試験する必要がある」

それまでひっきりなしに飛び交っていた意見が、ぴたりとやんだ。

「有効性さえ確認できれば、なかなかいい案じゃないかな」

瀬良のコメントを受け、田口が〝スパイククローラー〟を丸で囲む。

「他に、なにかアイデアは無いですか？」

しばしの沈黙ののち、〝スパイククローラー〟から矢印が横に伸ばされた。

「スパイクの仕様は？」

「ゴムに金具等をつける」

「金具が脱落するリスクがある」

「脱落した金具でクローラーが故障する」

「ゴムを出っ張らせる」

「強度がもつか？」

「強化ゴムを使えば」

「これも試験か」

「三次元繊維を強化ゴムに使ってみるのはどうでしょうか」

小さく右手を挙げながら、小坂が落ち着いた声で発言した。

「豊田さん達の？」

もしや、と閃いて理奈が小坂に問いかけると、力強い首肯が返ってきた。

「それは、どういうことですか？」

瀬良が小坂に向き直る。

「我が社で取り組んでいる複合材の技術を応用できないかと思いまして」

大里造船の、いつも賑やかな大阪弁の姉御・豊田は技術開発課に所属しており、小型船の船体を作るための繊維強化プラスチックを開発している。

繊維強化プラスチックとは、プラスチックの中に繊維を入れ込むことで強度を上げたものだ。板状の繊維を何層も重ねて部材に厚みを持たせるが、強い衝撃を受けた場合など、重ねた層が剥離《はくり》してしまうことがある。そこで大里造船の技術開発課では、繊維そのものを立体に成形する方法を模索しているところだった。

小坂は、その三次元繊維とゴムとで作った複合材をゴムベルトに使えないか、と提案したのだ。

「なるほど」と顎をさする田口に向かって、理奈も「私も小坂さんの意見に賛成です」と援護を入れる。

「腐食対策に一部部品を強化プラスチックに置き換える実験を会社でしているんですが、複雑な形状の細かい部品でも、かなり強度を出すことができていました。あの技術をゴムに応用すれば、よくある強化ゴムよりも頑丈なスパイクができると思います！」

理奈が夢中でそう訴えかけた、その時、向こう隅から井神の声が割り込んできた。

「そこまでする必要は無い、と私は思います」

まさか身内から否定の意見が出るとは想像もしておらず、理奈は一瞬言葉を失う。

小坂が、表情ひとつ変えず、「どうしてそう思う？」と話の続きを促した。

「空回りを心配しなければならないほど、クローラーにかかる荷重が少ないのなら、普通の強化ゴムで充分間に合うでしょう。ただでさえスケジュールに余裕が無い現在、既に在る材料を探せば済むところを、わざわざ材料から手がけて余計な手順を増やすことはない、と考えます」

余計な手順、との一蹴に、理奈も、そして小坂も唇を引き結んだ。この提案を実行すれば、工程がひとつ増えるのは明らかだからだ。

だが、それでも、豊田達の研究の成果を試す絶好の機会をみすみす見逃したくはなかった。理奈は勇気を振り絞ると、井神に反論すべく大きく息を吸い、それから……。

「井神さんの言うとおり、新素材を試すのは現実的ではありませんね……」

……理奈がなにか言うよりも早く、瀬良が申し訳なさそうに口を開いた。

「新素材を使うとなれば、その性能や特性など認証に手間がかかります。スケジュールを考えると、どうしても無理がありますね」

ただでさえ予定が押し気味ですし、と付け加えて、瀬良は小坂と理奈を見やった。「残念ですが」と。

「とにかく、スパイククローラーの試験をしましょう。川村さん、供試体の設計に入ってください。フリッパーは要りません。ゴムベルトのグリップ力が確認できればいいです」

「わかりました……」

スパイククローラーという自分の提案が通ったことは嬉しかったが、豊田達の複合材が却下されたことが、理奈には悔しくてならなかった。気を抜くと俯《うつむ》いてしまいそうになるのを必死でこらえて、なんとか気持ちを奮い立たせようとする。

では解散、と言いかけた瀬良を、小坂の凜《りん》とした声が引き止めた。

「では、スケジュールの問題さえクリアできればよいということでしょうか？」

小坂が、すっくと背筋《せすじ》を伸ばして立っていた。

席を立とうとしていた面々が、怪訝そうな顔で小坂を振り返る。

「新素材の貴社内での認証は、あとからでも対応可能ではないですか？　試験で性能を証明することさえできたなら」

瀬良が静かに首を横に振った。

「だとしても、余分な予算はありません」

「大里が持ちます」

小坂の言葉を聞くなり、瀬良の両眉が大きく跳ね上がった。

「ちょっと待ってください。そんなこと、あなたの一存で決めてしまっていいのですか？」

理奈を始め大里組がハラハラと見守る中、小坂は余裕の表情でにっこりと微笑んだ。

「今回のプロジェクトは、我が大里造船にとって、これ以上はないと言っていいほどの貴重な機会です。弊社社長からは、『天下の山本重工さんの胸を借りるのだから全力でぶつかってこい』と申し渡されております。むしろ、ここで挑戦せずに手を引いたほうが、社長の叱責を受けることになるでしょう」

小坂が話し終えると同時に、会議室に沈黙がおりた。誰も、身動きひとつしなかった。時が流れる音すら聞こえそうなほどの静寂の中、理奈は息を詰めてこぶしを握りしめる。

瀬良が、小さな唸り声とともに息を吐き出した。

「それでも、やはり、当方としては『無理です』と申し上げるしかありませんね」

瀬良の声は、今までにないほど硬かった。

「スケジュールが押しているこの状況で、工程を新たに増やす理由がありません。今在る材料では問題があるというのならまだしも、先ほど井神さんが仰ったように、おそらく既存の強化ゴムで事足りると私も考えます。今在る材料を使えば済むであろうところに、新しいものをねじ込むためには、多くの人間を納得させることができるだけの説得力が必要なのです」

「よりよいものを作る、ということに勝る説得力は無いと思いますが」

小坂が静かな声で反論を述べる。

瀬良が小さく身じろいだ。

「今、この瞬間ほど、あなたがた大里造船の皆さんを羨ましいと思ったことはありませんね……」

そう言って、大企業の役職者は溜め息をついた。

「時間を、お金をかければ、よいものが作れるというのは、当たり前のことです。でも、それらは無限ではない。どこまでを取って、どこからを切り捨てるか。それはあなたがたも日々頭を悩ませていることではないですか？　限られた自由の中で、最善を尽くす。それこそが、我々に与えられた使命だと、私は考えます」

瀬良が話し終えても、小坂はすぐにはなにも言わなかった。目を伏せ、考え込むことしばし、そうして徐《おもむろ》に口を開いた。

「山本重工さんのお考えはよく解りました。私も、それに異を唱えるつもりはありません」

ゆったりと、一呼吸。それから、小坂は挑戦的な眼差しを瀬良に向けた。

「ですが、やはり、この貴重な機会を逃したくない、とも思います」

「あなたがそんなに頑固な人だとは思っていませんでしたよ……」

あきれたような表情で、瀬良が肩を落とす。

それを見て、小坂が少しだけばつの悪い表情を浮かべた。申し訳なさそうに微笑んだのち、先ほどよりも幾分穏やかな声で、瀬良に語りかける。

「でも、正直な話、供試体がひとつ増えたところで、試験そのもののスケジュールが変わることはありませんよね」

「そうですね」

「ならば、こちらが試験までに供試体を用意すればいい、ってことですね」

自信たっぷりな小坂の言葉を聞き、瀬良が鋭い視線を小坂に突き刺した。

「素材から手がけて試験に間に合う、と仰るのですか？」

「間に合わせます」

再びの沈黙、だがそれは決して重苦しいものではなかった。少なからぬ者がこの挑戦に意欲を燃やしている気配を感じとり、理奈は、胸の奥が一気に熱を帯びるのを感じた。

やがて、瀬良が、大きく深く溜め息をついた。

「わかりました。期日までにそちらの供試体が出来上がれば一緒に試験を行うよう、調整いたしましょう」

こいつは骨が折れそうだぞ、との瀬良の呟きに、部屋のそこかしこから苦笑が漏れる。

「ありがとうございます！」

小坂の声に、理奈ほか大里社員数人の声が重なった。

瀬良が、苦笑いでそれに応える。

「ただし、一日たりとも待つつもりはありませんので、悪しからず」

言葉の内容こそ厳しいが、瀬良の眼差しはとても柔らかかった。


会議室を出るや否や、小坂が大里本社に連絡を入れた。まずは部長か社長に報告しているのだろう、状況説明ののち、「ありがとうございます」と簡潔に礼を述べる。一旦電話を切り、「大丈夫、ＧＯサインを貰《もら》えたよ」と心底ホッとした様子で椅子の背にもたれかかる。

大里組の面々が「やった！」と気勢を上げる中、小坂は深呼吸をしてからもう一度受話器を手に取った。今度は設計室、技術開発課の豊田が相手だ。クローラーの試験の内容について詳しい話を終えると、続けて製造部の資材課に金型《かながた》メーカーの手配を頼む。供試体とはいえ、新しい部品を製造するためには、金型から作る必要があるのだ。

理奈は、手元のカレンダーに目を走らせた。これまでの経験から、金型の作成にだいたい二箇月程度かかることがわかっている。この数字はおそらく山本重工でも大して変わらないだろう。金型が出来上がる前に、なんとか豊田達には頑張って複合材の目途をつけてもらわなければならない。

スケジュールの詳細はまたあとで瀬良から言い渡されるだろうが、年内に試験を行うのは無理かもしれない。正月休みを返上する覚悟を決めて、理奈は供試体用の図面にとりかかった。図面無くして金型を作るのは不可能なのだ。急がなくてはならない。

「こっちにもデータちょうだい。手伝うよ」

珊慈からの申し出に、理奈は驚いて目をしばたたかせた。

「え、でも、高嶋君の仕事は……」

「クローラーにスパイクつけるとなると、当然、クローラー周りの形も見直す必要が出てくるだろ？　そのあたりのデータが確定するまで、若干手が空くんでね」

そう、事ここに至って、影響を受けるのはクローラーに限った話ではないのだ。責任重大だ、と理奈は気持ちを引き締める。

「ありがとう。じゃあ、お願いするね」

理奈は心からの感謝を口にすると、「よし」と気合い十分にディスプレイに向き直った。

午後九時を知らせる時報が、プロジェクト室の空気を震わせる。

大きく伸びをしてから、理奈は右隣の席をそっと窺った。

珊慈は、ふたつ並べたディスプレイを交互に見ながら、淡々と作業をこなしている。

「なんか……遅くまで付き合わせてしまって、ごめんね」

「いやまあ、別に嫌な仕事ではないからいいけど」

ガランとした室内に、ふたりの話し声がやけに大きく響き渡る。

小坂が大里本社から呼び出され退出したのが、八時過ぎ。先ほど瀬良が席を外したことで、今プロジェクト室に残っているのは、理奈と珊慈のふたりだけだった。

椅子のキャスターを軋《きし》ませると、珊慈が机から身を離して伸びをした。上体を二度三度と軽くひねったのち、思いっきり椅子の背にもたれかかる。

「しっかし、すごいね、そちらの小坂課長。一度はっきり駄目出し喰らってるのに、『間に合えばいいんですね』だろ。びっくりしなかった？」

「うーん、正直、私も新素材チャレンジしたい、ってすっごく思ってたから、むしろ『よく言ってくれた小坂さん！』って気持ちだった」

へー、と実に意外そうに珊慈が息を漏らす。

「でもさ、わざわざ身銭切って、材料から手を加えて、試験して、結局、既存のゴムでも問題なかった、ってなったら……、って、考えないわけ？」

最悪の事態をずばり指摘されて、理奈の眉間に皺が寄った。

とはいえ、重量が変わらないならば、より強度の大きい材料を使ったほうが、絶対によい結果が出るはずなのだ。そして、理奈は、豊田達の作る複合材がその期待に応えてくれるものであると、信じている。

理奈は大きく息を吸うと、一言一言、ゆっくりと言葉を吐き出した。

「そんなことにはならない、と思うよ。海底の地形ってなにがあるかわからないじゃない。少しでも破断の危険性は低いほうがいいからね」

だが、珊慈は依然として批判的な口調を崩さない。

「いや、だから、もしも万が一、ってやつ。それに、そもそもそっちの供試体が試験に間に合わない、って可能性だってゼロじゃないだろ？」

万が一の可能性。それを考えかけて、理奈はそっと首を横に振った。世の中には、結果論で語れるものと、語るべきではないものとがある、と思い至って。

「でも、やっぱりこの挑戦に意味がまったく無い、とは思えない」

「失敗しても？」

「失敗した、っていうデータが手に入るよ」

ならば、次からは似たようなケースでは、迷わず既存の材料を選べばよいのだ。それに、新素材の強度が思っていたほど出なかったということは、そこに改良の余地があるということだろう。それ以前の問題として、仮に試験に間に合うことができなかったとしても、いざとなれば自分達だけでデータを取り、別な機会にそれを生かすことができる。〝失敗〟には〝失敗〟なりの意味があり、全ては未来の礎となりうるのだ。

「……でも、嫌じゃない？　失敗は失敗だよ」

「そりゃあ、失敗するより成功するほうがいいに決まってるじゃない。そのために、今、皆で頑張ってるんだし。でも、失敗を恐れてたらなにもできないよ」

刹那、珊慈の顔から表情が消えた。

どうしたんだろう、と、気になったものの、理奈は話を続ける。

「勿論、リスクは考えてるよ。その上で、腹をくくるわけよ」

昼間の井神とのやり取りを思い出すだけで、理奈は今でも、腹の底を冷たい手で鷲掴《わし》みにされるような気がする。余計なリスクを回避する、という一点では、井神の言っていることのほうが圧倒的に正しいのだ。

それでも、皆、この新たなタスクによって得られるものがある、と信じて動いている。

「まあ、でも、そのリスクをどこまで許容できるかってのは、その時々の状況や、個人の特性も関わってくるからねえ。私なんかかなり図太いほうだからさ。高嶋君は高嶋君にとって最適な選択肢を選べばいいわけで……」

「今の話に俺は関係ない」

理奈の言葉を遮って、珊慈が吐き捨てた。

刃《やいば》のような声音は、床や壁にはね返り、理奈の胸元に深々と突き刺さる。

しまった、また余計なことを言ってしまった。理奈は「ごめん」と慌てて頭を下げた。

「そうだよね、高嶋君とは関係ないよねえ。おかしいなあ、自分の話をしてたはずなのに、どこからどうなって高嶋君の名前が出てきたんだろう？　ごめんね」

「あ、いや、別に謝るようなことじゃ……」

ばつが悪そうに言葉を返した珊慈が、次の瞬間、驚きの表情を浮かべた。

「穂積さん！」

「やっほー」

理奈がびっくりして振り返れば、いつの間に入ってきていたのか、入り口の脇にひとりの男性が立っていた。いつぞやの社内見学の際に会った、珊慈の先輩の穂積という社員だ。

「噂の彼女」発言に続いて、「付き合わない？」と理奈に声をかけてきたことをも思い出し、さしもの理奈も少しだけ身構える。

機嫌の悪さを隠そうともしない珊慈の眼差しに、僅かばかりも怯むことなく、穂積はにこにことふたりの傍まで近寄ってきた。

「いやー、おふたりさん、仲がいいねえ」

「いつから居たんですか」

「ひ・み・つ」

――ああ、これは本気で嫌がっているな。

珊慈の顔を見て、理奈はそっと溜め息をついた。嫌がっているようにみせているのか、心から嫌がっているのか、彼の表情を見れば、それぐらいの区別は理奈にもつく。

それは穂積も同様だったようで、彼は口元に小さく苦笑を刻むと、「これ、差し入れ」

とパンの袋を珊慈と理奈の机にひょいと載せ、あっさりと背を向けた。

珊慈の仏頂面と穂積の背中を何度か見比べたのち、理奈はようやく我に返った。

「あ、ありがとうございます！」

「頑張ってな」

背中越しにウインクを投げてくる穂積に会釈を返し、理奈は再び席に着いた。ちらり、と珊慈を横目で窺うと、彼は不機嫌そうな表情を未だ収めようとしていない。

――私と仲がいい、って言われるの、そんなに嫌なのかな。

彼女がいるのだから、当たり前か。理奈はそっと息をついた。変に誤解されて恋人達の間に余計な波風を立てるようなことは、理奈だってごめんこうむりたい。

――ああもう、そんなことよりも、今は仕事。仕事よ、理奈！

もうひと踏ん張り、と自分に発破《はっぱ》をかけ、理奈は作業中の画面へ意識を戻した。

仕事に忙殺されている間に、飛ぶように季節は過ぎゆき、時は十二月中旬。ハロウィーンフェアでオレンジ色に染まっていた街も、気がつけば赤と緑のクリスマスカラーにすっかり塗り替えられてしまっていた。

煌《きら》びやかなイルミネーションが灯り始めた夕暮れの街を、理奈は珊慈の運転する車で大里造船へと向かっていた。スパイククローラーの供試体が出来上がった、との知らせを受け、それを取りに行くところだった。

山本重工側が提示した期日は、あの会議からきっかり二箇月後。ギリギリ間に合うか否か、と心配されていた大里側の金型だったが、メーカーが特別に急いでくれたおかげで、供試体の図面が仕上がってから六週間で完成した。大里造船の資材課も、最優先でゴムの成型にあたってくれ、本日、供試体が無事完成したのだ。

車を直接工場へ乗りつけ、荷室スペースにクローラーの入ったコンテナを積み込む。この車は山本重工の社用バンなため、珊慈が運転手を買って出てくれたのだ。

供試体を手に入れたあと、理奈達は設計室に顔を出した。製造部だけでなく、技術部にも直接お礼を言いたかったからだ。

豊田を始めとする技術開発課の面々に挨拶し終わったところで、特装課の後輩が理奈を手招きした。手に持ったスマホのマイク部分をもう一方の手で押さえながら、「大橋さんからですけど、話されます？」と訊いてくる。

九箇月前に退職した先輩の名を思わぬところで聞き、目を丸くする理奈に、ガマさんが横から説明してくれた。

「金型を作ってくれた製作所は、以前、大橋君が特に懇意にしていたところだったからね。彼からも頼んでもらったんだよ。なんせ、急な話だったから」

「そうだったんですか……」

まさか会社を辞めた人間の手まで煩わせてしまったとは、と理奈は思わず身体を縮こまらせた。これで、もしも今度の試験が失敗に終わってしまったら、本当に申し訳なさすぎる。

そんな理奈に、ガマさんは優しい目で首を横に振った。

「気にすることはないよ。少しでもよいものを作る、ってのは、我々〝ものづくり屋〟の信念だからね。結果がどうあれ、今回経験したことは決して無駄にはならないさ。なあ、高嶋君」

突然ガマさんに話を振られて、珊慈が、なんとも複雑そうな笑みを浮かべる。

「ほれ、本人に直接お礼を言うといい」

ガマさんのジェスチャーに応えて、後輩が理奈にスマホを手渡した。

理奈はどぎまぎしながら、スピーカー部分を耳元に寄せる。

「もしもし？　あの、川村です」

『川村さん、久しぶり』

懐かしい声が、理奈の鼓膜を震わせた。

「あの、あ、ありがとうございました！　おかげさまで、試験に間に合いました！」

声を詰まらせながらも、理奈は、一息にお礼の言葉を言いきった。

『頑張っているみたいで、安心したよ』

「いや、そんな、私なんかまだまだです……」

『井神とやりあったんだって？』

電話の向こうから、含み笑いが聞こえる。冗談を言う時の、大橋のとぼけた顔が思い出されて、理奈は懐かしさに胸がいっぱいになった。

「やりあうとか無理ですよー。そもそも矢面に立ってくださったのは小坂さんで、私は横でオロオロしてただけで……」

『見たかったなあ、川村さんと井神との一騎打ち』

「だから、そんなの無理ですってばー！」

電話を終え、ガマさん達にもう一度礼を言って、理奈と珊瑚は設計室をあとにした。

意気揚々と階段をおりる理奈の横で、珊瑚が、ぼそりと呟いた。

「ここ、ケータイＯＫなんだ」

「え？　ああ、うん、そっか、山本重工さんは私物から全部持ち込み禁止だもんね」

同じような業種でも、会社によって色々と規則が違ってくるものだなあ、とあらためて理奈がしみじみ感じ入っていると、珊慈が再び口を開いた。心持ちぞんざいな口調で。

「ていうか、どういう人？　オオハシさんって」

「元々はうちの課の先輩で、あ、ほら、井神さんと同期の人なんだけど、今年の三月にご実家の都合で退職なさったのよ」

「退職したってことは、部外者か」

あからさまに棘を含んだ珊慈の言葉に、理奈はハッと息を呑んだ。言われてみれば、いくら元社員だろうがなんだろうが、現時点で会社に所属していない以上、大橋は間違いなく〝部外者〟でしかないのだ。

職場での個人携帯電話の使用に、部外者が職務内容に口を出すのを許容する社風。セキュリティに厳しい山本重工の社員には、だらしない会社と思われても仕方がないだろう。露骨に不機嫌そうな顔をする珊慈を前に、理奈はうなだれることしかできなかった。

「そうだね、山本重工さんに比べたら、セキュリティ意識が足りてないように見えるよね……。でも……」

「違ぇよ」

ぽつりと一言言い捨てて、珊慈が理奈に背を向ける。

「え？　なに？　なにが違うの？」

「別に。なんでもない」

容赦なく会話を打ち切る背中に、理奈はそれ以上なにも問うことができなかった。

＊　＊　＊

なにはともあれ、こうやって出来上がった供試体で試験を行った結果、山本重工が下請けに依頼した強化ゴムのクローラーよりも、大里造船の三次元織維強化ゴムを使用したクローラーのほうが、グリップ力も、耐久性も、圧倒的に大きいことがわかった。

その日の夕方、理奈は、クッキーを手土産に大里造船に報告に戻った。

ゴムの弾性をほぼ損なわずに強度を持たせた手法に、瀬良を始めとする山本重工の社員がいたく興味を抱いていたことを理奈が告げると、開発者の豊田は、理奈が渡したクッキーの箱を手に「よっしゃー！」と歓声を上げた。

「相手が山本重工だろうが、ウチらだって負けてへんでー！」

気勢を上げる豊田の横で、ガマさんが笑う。

「さて、今日は特装課《うち》はもう仕事を切り上げて、皆で祝杯でも上げようかね」

ちょっとよそゆきなお店でも予約しようかな、と手帳をめくり出すガマさんに、日頃あまり飲み会に出てこない人間も、そっと参加の挙手をする。ガマさんが教えてくれる店にハズレは無い、ということを、皆知っているのだ。

「小坂さん達出向組にも連絡入れておこう。川村さんはこっちから直接行くって言っておくね」

そう言って、ガマさんが山本重工のプロジェクト室へ電話をかける。その様子を羨ましそうに眺めていた豊田に、技術開発課の島から声が投げかけられた。

「豊田さんも、特装と一緒に打ち上げ行ってきたらいいよ」

「いいんですか、課長？」

これ以上はない、というぐらいに弾む声で豊田が聞き返す。

「一番の功労者だろ？」

「ありがとうございますー！」

浮き浮きとした足取りで、豊田はクッキーの箱を、おやつ机の上、いつぞや瀬良がくれたキャンディ缶の横に置いた。まだ仕事が残っている他の女子社員に、「これ、川村ちゃんから。好きなだけ食べてくれてエエで」と声をかける。

「そういえば、あのキャンディまだ残ってるんですか？」

理奈が尋ねると、豊田が満面の笑みで答えた。

「むっちゃ美味しかったから、あっという間に無くなってしもたわ。でも、缶《カンカン》がカワイイから、あとから買ってきた他の飴ちゃん入れるのに使ってんねん」

「確かに、内張りまでついててゴージャスでしたよね」

流石おフランス製、と互いの声が揃ったところで、理奈と豊田は顔を見合わせて笑い合った。

クリスマスを目前に控えた神戸の街は、どこもかしこもお祭り騒ぎで、通りをそぞろ歩くだけで、ついクリスマスソングを口ずさんでしまいそうになる。

ニュースでは、今年一番の寒波が到来したと言っていたが、毎年この時期に行われるイルミネーションの祭典のおかげもあって、繁華街は人で溢れかえっていた。理奈達、大里造船特殊装備開発課御一行様は、寒風にコートの襟を立てながらも、楽しげに、人波をかき分け路地を進んでいった。

「こういう寒い日は、鍋に限るね」

そう言ってガマさんが連れてきてくれたのは、とある雑居ビルの二階にある、和の風情も素敵な落ち着いた構えの店だった。ビルの前に置かれた看板も、萩のシルエットが描かれた上品なもので、理奈あたりが普段友達と来るには少々気後れしそうな雰囲気の店だ。

ガマさんがお店の人に声をかけていると、エレベータの到着する音がして、小坂が姿を現した。その後ろには出向組の面々と、あと、山本重工の田口と、珊瑚の姿があった。

「井神君が来ないって言うから、代わりと言っちゃなんだけど、残ってた山本重工さんの若者ふたりを連れてきたよ」

小坂の台詞を受けて、ふたりが「お邪魔します」と丁寧にお辞儀をする。

よそゆき顔で脇に控えている珊瑚に比べて、田口のほうは、すぐにガマさんを始めとする初対面の人間と打ち解けてしまっていた。性格の違いか、経験の差か、そういえば普段も、田口はあの井神相手にまったく気後れすることなく話をしているな、と、理奈はあらためて感心した。

十二名全員が揃ったところで、一同は一番奥まった座敷に通された。

床の間には、水仙が生けられた一輪挿しが、ちょこん、と飾られている。窓にかけられた和紙製のロールスクリーンといい、綺麗に磨かれたテーブルといい、高級感溢れる調度品を目にして、財布の中身を心配する下っ端一同に、ガマさんが得意げに胸を張った。

「心配しなくても、なんと、今日は、スポンサーがいるからね」

その言葉を合図にしたかのように、座敷の引き戸があいた。そこに立っていた人物を見て、皆が驚きの声を上げる。

「社長！」

「私も仲間に入れてくれないかな」

満面の笑みとともに登場した、大里造船社長その人は、上座へ誘《いざな》うガマさんにやんわりと断りを入れて、長い机の中央の席を選んだ。

小坂の音頭で、乾杯が行われる。

「よくやったね。ありがとう」

大里社長が、ひとりひとりの顔を順に見渡しながら、何度も何度も頷いた。

「社長としてのコメントは、ここまで。さあ皆、どうか無礼講《ぶれいこう》で楽しんでほしい」

聞けば、小坂は勿論ガマさんも、これまでに何度か社長と食事をともにする機会があったらしい。だが、その他の人間は、飲み会で社長と同席するなんて初めてのことで、いくら無礼講と言われても、始めのうちはどうしても緊張感をぬぐい去ることができなかった。

しかし、肩書からくる威圧感を脱いで畳んで脇に置いた社長は、思った以上に気さくな人柄の男で、酒が入るにつれ、場の雰囲気はいつもどおりの和やかさを取り戻していった。

「深海を制したら、将来的には、宇宙空間での作業ロボットの仕事を取りたいねえ」

社長として、というよりも、会社の一員としての顔で、大里社長が抱負を語る。

「ガンダムですか、社長」

「僕らの時代は、ヤマトだよ、ヤマト」

社長といえども、メカ屋としての魂の故郷《ふるさと》は、やはりそのあたりにあるらしい。

「八つ目の海が頭上で待っているんだ。海の男としては、黙っていられないだろう？」

ほの赤い顔で大里社長が熱弁をふるう。その様子を一番端の席で見つめていた珊慈が、一言、「羨ましいな」と呟いた。

珊慈の隣に座っていた理奈は、思わず目を丸くした。

「なんで？　山本重工さんって、思いっきり宇宙関係の仕事してるじゃない」

珊慈は、手元に視線を落とすと、ゆるゆると首を横に振った。

「そういう意味じゃなくて。うちぐらいに大きな会社だと、……こう、なんというか、大きすぎて逆に見えないって言うか、手元だけ見ているので精一杯って言うか……」

どこかもどかしそうな表情で珊慈が口ごもる。

理奈は、黙って話の続きを待った。が、次に珊慈が吐き出したのは、深い溜め息がひとつきり。

「いや、それより、俺もそろそろ他の皆さんに挨拶しなきゃな」

ほどよく胃袋が膨れてきたことで、皆の口も、食事よりも会話に忙しくなってきている。向こうのほうでガマさんと談笑する田口を見やって、珊慈が腰を浮かせた。

――もっと愚痴ってくれていいのに。

珊慈のことを秘密主義と評した瀬良の言葉を思い出しながら、理奈もまた大きく息を吐いた。


話し相手だった豊田が社長に呼ばれ席を立ち、理奈はなんとなく手持ち無沙汰な気分で目の前の料理をつまんだ。

理奈の座る席は、床の間とは反対側の端から二番目だ。一番下座に山本重工のふたりが、次いで、彼らと面識のある理奈達出向組が陣取っている。「僕達はあくまでも部外者ですから」と田口が上座を固辞したことから、この席順となったのだ。

そんな田口も珊慈も、現在は向こう端の大里造船残留組と歓談中だ。理奈の向かいに座っていた小坂は、少し前から社長と話し込んでいる。そして今、隣の席の豊田までもがいなくなり、理奈はひとりぽつんと離れ小島状態になってしまった。

さてどうしようか、と理奈は思案した。これまでの場の流れを見る限り、次あたり理奈が社長に呼ばれそうだ。それまでは席を移動したりせずに、大人しく待っていたほうがいいかもしれない。

そうと決まれば、と割りきって、理奈が再び料理に手を伸ばしたところへ、珊慈が戻ってきた。

「挨拶まわり、お疲れさま」

理奈のねぎらいに、珊慈は、まだ少しよそゆきな顔で、にっこりと笑った。

「皆さん気さくな人で、助かったよ」

「なんか、すごく話が盛り上がってたみたいだったね」

「盛り上がってた……のかな。なんか一方的に質問攻めにされてたんだけど」

「そりゃあ、天下の山本重工さんだもん。訊きたいことなんて山ほど出てくるって」

しがない地方の造船業に対して、相手は世界規模の機械メーカーだ。扱っている製品の数や種類も段違いに多い。今日のこの飲み会は、そんな大企業の社員相手でも気後れする必要のない、非常に貴重な機会だった。

「天下の山本重工、か……」

グラスを呷《あお》った珊慈が、静かに息をつく。

彼の気配が変化したことに気づき、理奈はそっと口をつぐんだ。

僅かに逡巡《しゅんじゅん》したのち、珊慈はぽつりぽつりと話し始めた。

「時々、歯車、になっている自分に気がつくことがある」

ああ、と理奈は息を吐いた。珊慈の言いたいことがなんとなく理解できたからだ。だからこそ、殊更に軽い声で、なんでもないように言葉を返した。

「歯車、超重要でしょ」

皮肉ありげな表情で、珊慈が口角を上げる。

「ぐるぐる回ってるだけなのに？」

「歯車がぐるぐる回ってくれているから、船が目的地に着けるんじゃないの」

「ぐるぐる回るだけなら、俺じゃなくても、な」

珊慈が机の上に視線を落としたので、理奈もまた目の前の皿に目を落とした。

「そりゃあ、代わりになる歯車は、探せば他にも見つかるかもしれないけど、でも、今ここにある歯車は、高嶋君に他ならないわけで」

「今、ここに、ある」

視界の端、珊慈が自分のほうを向くのがわかり、理奈も再び彼のほうを向いた。今、こうやって彼と腹を割った話ができる、そのことを天に感謝しながら、珊慈に笑いかける。

「そうそう。だって、この場所でぐるぐる回るために、沢山努力してきたわけでしょ？そう簡単に他の歯車には真似なんてできないよ。だから、気兼ねせずにぐるぐる回ったらいいわけで……」

勢いよくそこまで語って、ふと、理奈は眉間に皺を寄せた。

「って、あれ？　なんか話がズレてるような？」

「……まあね」

珊慈が、苦笑とも巧笑ともつかない笑みを浮かべる。

ああ、またやってしまった、と、心の中で理奈は頭を抱えた。

「ごめん、私ってば、勝手に話を進めちゃってた。話題、戻そう」

「いや、もういいんだ」

意外にも、珊慈の機嫌はさっきより随分よさそうに見えた。しかし、だからといって、このまま珊慈の話の腰を折りっぱなしというわけにはいかないだろう。理奈はもう一度「ごめん」と頭を下げる。

「本当に構わないから、気にしないで。ほら、社長さんが呼んでるよ」

「あ、うん……」

後ろ髪を引かれながらも、珊慈に背中を押されるようにして、理奈は席を立った。

トイレの鏡の前で、理奈は大きく息をついた。

大里社長や小坂と業務の話などをしたあと、入れ替わりに今度は珊慈が彼らに呼ばれてしまい、そろそろ宴《うたげ》も終盤という段になっても、未だ理奈は珊慈と落ち着いて話ができずにいたのだ。

トイレを出た理奈は、座敷に戻ろうとして、ふと、廊下の反対側に目をやった。

嵌《は》め殺しの大きなガラス窓の向こうは、六畳ぐらいの広さのバルコニーになっていた。行灯《あんどん》をあしらったガーデンライトに、日本庭園を模した坪庭がほんのりと照らされている。

窓の端は、バルコニーに通じるドアになっていた。ガラス扉の向こうにスタンド型の灰皿が置かれているということは、立ち入り禁止というわけではないようだ。

理奈はそっとドアをあけた。

凍てついた風が、頬を撫でる。

バルコニーに出た理奈は、冷気が中に入らないよう慌ててドアを閉め、そうしてぐるりを見回した。

玉砂利が敷かれた床には、飛び石が点々と並べられている。植栽は全て鉢植えであったが、置き方に工夫が凝らされており、一見地植えのように見えた。ガーデンライトの配置の妙か、脇にそびえ立つ壁が闇に沈み、ここが街なかのビルの二階であることを、一瞬忘れさせてくれる。

なんて素敵なんだろう、と、感極まって空を振り仰いだ次の瞬間、理奈はがっくりと肩を落としてしまった。漆黒の夜空の代わりに見えたのは、コンクリの壁に切り取られた、街の灯りの滲《にじ》んだ赤墨色。勿論、星はひとつも見えやしない。

――やっぱり、こんな街なかじゃあ、あの星空は望めないよね……。

あの、今は遠い高校三年の夏に見た、キャンプ場に降り注がんばかりの全天《ぜんてん》の星空は。

理奈の溜め息が、白くけぶる。

――本当は、どんな話をしたかったんだろう。

先刻の、もどかしそうな珊慈の顔を思い出し、理奈はもう一度嘆息した。いつも朗らかで愛想よくしているけれど、やはり彼も他人に見えないところで色々と悩んでいるんだなあ、と。

『……なんというか、大きすぎて逆に見えないって言うか……』

確かに、理奈達の会社に比べたら、珊慈の勤める山本重工は大きすぎる。例えるならば、いかだと大型船、といったところだろうか。

――いかだの釘と、大型船の歯車か。

いかだの釘は、波をかぶったり太陽に焼かれたりと実にダイナミックな旅ができる。そういった臨場感は、大型船の歯車には無縁なものだ。

けれど、大型船は、いかだなんかよりも、もっと、ずっと、遥か遠くへ行くことができる。たとえ機械に埋もれていて、直接太陽の光は当たらなくとも、異国の風はきっと優しく歯車を撫でてくれるに違いない。

――まあ、あれだ、隣の芝生は……ってやつね。

もしかしたら、珊慈が話したかったのは、このあたりの話なのではないだろうか。なにが、「気兼ねせずにぐるぐる回れ」だ。今更のように恥ずかしくなって、理奈は頬を両手で押さえた。

寒風に冷えきった指先が、熱を持った頬に気持ちいい。

——的外れなことを言ったなあ。

ぐるぐると堂々巡りを始める思考を断ち切るべく、理奈は大きく息を吸った。そうして、それから……、深い溜め息が口をついて出た。

——あれれ？

いつもの「ま、いいか」がどうしても出てこない。出せない。出そうとしても、出てくるのは溜め息ばかり。あきれられただろうなあ、と、馬鹿な奴だと思われたかなあ、と、後悔の念ばかりが理奈の内部で渦を巻く。

——ああもう、私ったらどうなっちゃってるのよー！

理奈が思いっきり心の中で叫んだその時、がちゃり、とバルコニーのドアが開く音がした。

理奈はびっくりして背後を振り返った。

明るい廊下を背に、珊慈が立っていた。

あまりのタイミングの悪さに、軽くパニックを起こした理奈は、なにも言えずにただ口をぱくぱくさせるのみ。

「あのさあ」

珊慈は、逆光を背負ったまま、ゆっくりと理奈に近づいてくる。

「な、なに？」

理奈のすぐ目の前で足を止めた珊慈は、ほんの少し躊躇ってから、ぼそりと言葉を継いだ。

「川村さん、あの時、見てたでしょ」

「……は？」

どの時のなにを見ていた話なのだろうか。理奈は眉間に皺を寄せて首をかしげた。

「確かにさ、調子に乗った俺も悪いんだけどさ、でも、そもそもあっちから言い出したことなのに、俺ひとりに責任全部押しつけるのって、酷いと思いませんか」

「酷いもなにも、なんのことだかさっぱりわからない」

「カレシ持ちだと皆に思われたくない、って、でも、アナタと付き合いたい、って、よく考えたらムシのよすぎる話だと思いませんか」

どうやら恋バナのようだ。それも、ノロケよりも愚痴に近いやつ。あまりにもあんまりな展開に、理奈は嘆息することしかできなかった。君はとっかえひっかえなタラシではないのか、しっかりしろ、と、八つ当たりめいた感情さえ湧き起こる。

「もしもーし、酔ってますね、高嶋君」

「お酒なんか飲んでいません」

「ああ、うん、そういうことにしておくから、皆の所に戻ろう」

そもそもどうして口調が丁寧になっているのだろうか、泣き上戸《じょうご》ならぬ丁寧語上戸、というやつなのだろうか。いや、絡み上戸というのも付け加えておく必要がある。理奈の溜め息は深くなるばかりだ。

「でもですよ、一応カノジョな可愛い子に『キスして』って言われたら、フツーはご要望にお応えしますよね？　します」

その瞬間、理奈の脳裏であの夕焼けの教室が一気に像を結んだ。

まさか「見てたでしょ」というのは夕焼け彼女とのキスのことなのだろうか。あの場に理奈がいたことがバレてしまっていたというのだろうか。いやしかし、こうやってわざわざ理奈に問いかけてくるということは、彼は確証を持つには至っていないということではないだろうか。一瞬にして、幾つもの疑問が理奈の脳内で渦を巻く。

——とにかくなにか適当に誤魔化してこの場を切り抜けなければ。

「み、みみ皆待ってるだろうし、席に戻ろっか」

みみみって蟬か、と自分で自分につっこみながら、理奈はじりじりとあとずさった。

だが、折角稼いだ距離を、珊慈は容赦なく詰めてくる。

「でも、チェックポイント、行ってない」

「チェックポイントぉ？」

事ここに至って、理奈のパニックは潮《うしお》のように引いていった。コイツはなにを言っているんだ、と、しかめっ面で珊慈を見上げる。

「行かなきゃ、原田に馬鹿にされる……」

「原田君？」

――もしかして、高校時代と記憶が混線してる？

今日の日付とか訊いてみるべきだろうか。理奈がそう考えるのとほぼ同時に、珊慈が屈み込んできた。大きな手のひらが、理奈の背中にまわされる。

――え、ちょっと待って、イキナリなんでハグ!?

再びパニックに陥る理奈の首筋に、珊慈が顔を埋めた、と、思いきや、ずしりとした重さが理奈の肩にのしかかってくる。バランスを崩して倒れそうになるのをなんとか踏ん張りながら、理奈は、もたれてくる珊慈の身体を無我夢中で抱きとめた。

きついアルコールのにおいに顔をしかめる間もなく、珊慈がずるずるっと玉砂利の上に崩れ落ちていく。

「ち、ちょっと、高嶋君っ？」

今は遠い高校三年のあの夏。肝試しのチェックポイントの神社目指して、真っ暗な農道を進んでいた時、珊慈がぼそりと呟くように口を開いた。

「あのさあ」

「なに？」

ほんの少し躊躇ってから、珊慈は静かに首を横に振った。

「……いや、やっぱり、なんでもない」

もう一度小声で「なんでもないんだ」と繰り返し、溜め息を振り払うようにして珊慈が空を見上げた。

理奈もつられて、顔を天に向けた。

プラネタリウムもかくや、漆黒の夜空を無数の星々が煌びやかに飾っている。

しばしの間、ふたりは黙って満天の星空を仰ぎ続けた。

＊　＊　＊

特装課の打ち上げから明けて次の日。

いつもどおりにロッカーの出勤ラッシュを避けて早めに出社した理奈は、何度目か知らぬ溜め息を道連れに四階への階段をのぼっていた。

昨夜の坪庭でのアレコレはなんだったのか、珊慈に問うべきか否か。珊慈の性格を考えると、たぶん問うべきではないんだろう。しかし、気になる。とても気になる。問い詰めて一切合財を白状させたい。だが、それは秘密主義者な珊慈にとっては苦痛以外の何物でもないだろう。ぐるぐると悩み続けながら、理奈は機械的に段をのぼってゆく。

——それに、あの時、高嶋君、なんて言ったんだろう……？

酔いつぶれた珊慈が意識を失う直前、倒れ込む彼を必死で支えようとした理奈の耳が拾った、微かな一言。聞き間違いかもしれないが、理奈にはあの時珊慈が「のろい」と呟いたように聞こえたのだ。

――のろい、って「呪い」……？　いやいやまさかね……。

理奈が「鈍《のろ》い」ということなら、まだ理解できる。理奈がそう自分に言い聞かせた、その時、三階と四階の間の踊り場から、人影が目の前に飛び出してきた。

「川村さん！」

「ひゃあ！」

思わず落としそうになったお弁当を慌てて両手で抱え込んでから、理奈はおずおずと顔を上げた。

珊慈が肩で息をしながら立っていた。

驚きのあまり、つい今しがたまで理奈の頭の中を占めていた悩みが、全部キレイにどこかへ飛んでいってしまった。なにをどうすればいいのかわからないまま、理奈の表層が日常をなぞる。

「お、おはよう、高嶋君。今日も早いね」

「え、あ、おはよう。じゃなくて、川村さん」

いつもの余裕はどこへやら、珊慈は酷く落ち着きを欠いた様子で身を乗り出してきた。切羽詰まった眼差しが理奈に向けられたかと思えば、またすぐに視線は逸れ、手元を、足元を、そわそわと彷徨《さまよ》う。

「ええと、その、昨日、酔いつぶれた俺を、川村さんが見つけてくれたんだって？」

昨夜あのあと、完全にダウンしてしまった珊慈を、田口がタクシーで家まで送っていったのだった。

話の行く先がまったく見えず、理奈は慎重に頷いた。

「あ、うん、そういうことになる、かな？」

「……俺、なにか……変なこと言わなかった……よな？」

「変なこと……？」

珊慈と目が合ったその刹那、彼の瞳に怯《おび》えの色を見たような気がして、理奈は思わず息を呑んだ。

「えー、あー、うーんと、そういえば、『のろい』って聞こえたような」

珊慈がぎくっとしたように小さく顎を引いた。

「……他には？」

「他に……なんか、意味のわかんないことをぶつぶつ言ってたけど、さっぱり意味がわかんなくて」

普段の珊慈からは想像もつかない狼狽《ろうばい》っぷりを目の当たりにして、理奈は、それ以上詳しい話をする気になれなかった。それに嘘は言っていない。彼の話の意味がわからなかったのは、間違いなく本当のことだ。

しばしの沈黙ののち、珊慈の口から安堵の溜め息が漏れた。こわばっていた肩から力が抜け、深呼吸をひとつ、「こんなところで呼び止めてごめん」と、いつもの笑みが零れた。まだ若干ぎこちなかったけれども。

どちらからともなく、ふたりは並んで階段をのぼり始めた。

「俺、お礼言うの忘れてるよな。ありがとう。それから、迷惑かけてごめん」

「迷惑なんてことはないよ。てか、むしろなんのお役にも立てなくて……」

「田口さんに怒られたんだ。いい歳して酒に呑まれてぶっ倒れるって、アホか、って」

「今はもう大丈夫？」

百薬の長、などという言葉があるが、アルコールは摂取量やその方法によっては、確実に健康被害を引き起こす。昨夜、珊慈が倒れたあの瞬間の恐怖を思い出し、理奈は思わず眉を曇らせた。

「大丈夫だよ」

「そっか。よかった」

とは言え、これで昨夜のことを珊慈に問い質《ただ》すことはできなくなってしまった。理奈は内心でひっそりと肩を落とした。

でも、本人が隠しておきたいと思っていることを無理矢理暴くのはよくないことだ。自分が知るべきことならば、いつかまた機会が巡ってくることもあるだろう。「ま、いいか」と理奈が口の中で呟くのとほぼ同時に、珊慈がぼそりと言葉を漏らした。

「呪い、じゃなくて、罰《ばち》だよな」

「え？」

呪いという言葉があらためて珊慈の口から出たことに、理奈は心底驚いて彼を見上げた。

どこか寂しそうに見えた微笑みが、一瞬にして苦笑に塗り替えられる。

「日頃の行いは大事だな、ってこと」

「あ、……うん」

今のは一体なんだったんだろう。ぎくしゃくと頷く理奈の背中を、珊慈が「さぁて仕事だ」とポンと叩いた。


暖房にのぼせてしまったのか、なにか冷たいものが飲みたくなって、理奈はプロジェクト室を出た。三階や二階のエレベーターホールにある自販機には目当ての炭酸飲料が入っておらず、仕方なくセキュリティを通って建物の外に出る。幸い入り口脇の自販機には、季節感関係なく冷たい飲み物も豊富に取り揃えられていて、理奈はご機嫌で冷えきった缶を手に取った。

と、そこへ、珊慈の先輩である穂積が現れた。

「やっほー」

「こんにちは」

二箇月前、残業する理奈と珊慈にパンを差し入れに来た穂積が、機嫌の悪い珊慈を思い遣る様子を見せたことで、理奈の中の穂積の印象は随分よくなっていた。一見軽薄そうに感じられる言動も、珊慈のよそゆきスマイルと同じ、ある種の鎧《よろい》みたいなものなのだろう。

「高嶋の奴、飲み会でぶっ倒れたって？　珍しー」

上の自販機にはコレが無いんだよねえ、と呟きながら、穂積がホットレモンのボタンを押した。

「かなり疲れがたまってたみたいですよ。この二箇月、私が余計な仕事を増やしてしまって、それを手伝ってくれていたから……」

理奈のこの言葉を聞いて、穂積が盛大なニヤニヤ笑いを口元に浮かべる。

「庇《かば》うねえ」

「庇うもなにも、事実は事実ですし」

理奈が淡々と返せば、穂積も意外と冷静に「ま、そうか」と頷いた。

「で、川村さんが介抱したって？」

たまたまその場に居合わせただけだったというのに、〝発見者〟の次は〝救護者〟に格上げとは。理奈は大きく肩を落とした。

「どこからどうしてそういう話になってるんですか？」

「田口が言ってた。『高嶋さんが倒れた』って、川村さんが血相変えて座敷に戻ってきて、慌ててお店の中庭？に行ったら、高嶋が、きちんと気道確保した回復体位で、川村さんの上着をかけられた姿で寝てた、って」

「回復体位にはしましたけど、介抱なんてそんな上等なものは……」

「シロウトなんだから、それだけできれば充分さ」

吐瀉物《としゃぶつ》で窒息しないように横向きにして、気道が広がるように頭を反らせて……、と、以前なにかの本で読んだ知識を総動員した結果だったが、それを思いがけず評価されて、理奈は少しだけ嬉しくなった。

「いや、本当、珍しいよなあ、あいつが酒でぶっ倒れるなんて」

穂積が、ついと遠くに視線をやり、しみじみと呟く。

それは、珊慈がアルコールに強い体質だ、ということなのだろうか。それとも……？

「彼、あまり飲み会とか参加しないんですか？」

高校時代、一見社交的に見える珊慈だったが、その実、仲のよい友人がいない場にはあまり出てこなかったことを、理奈は思い出していた。

「いいや。あいつ、付き合いはいいんだけど、基本は、一歩引いたところに立っててね。宴会中でも、気がついたら幹事の傍で手伝いとかしてて、酔っ払うことなんてまず無かったからさ」

「マメですよね」

「空気読むの、すごく上手いよー」

心から感心したふうに、穂積が頷く。それに合わせて、理奈も繰り返し相槌を打った。

「本当に、爪の垢《あか》分けてほしいですよ……」

一際大きな溜め息を理奈が吐き出した時、穂積が、なにか悪戯を思いついた子供のような表情を浮かべた。

「入社当時は、それで誤解しちゃう女の子が続出してたね」

その瞬間、「女の敵！」と言いきる豊田の声が、理奈には聞こえたような気がした。

「モテモテですねえ」

「それが、あいつってば、見事にぜーんぶかわしちゃって。それで、きっと他所《よそ》に彼女がいるに違いない、って言われてる、ってわけ」

思わぬところで〝噂の彼女〟の真相を聞いて、理奈は知らず目をしばたたかせた。と、同時に「だよね」との思いが胸に押し寄せてくる。あの眩《まばゆ》い夕焼けの光とともに。

理奈の口から、またも溜め息が漏れる。

穂積がなにかを言いかけた丁度その時、ふたりの背後から野太い声がいきなり投げかけられた。

「そりゃもう、あいつ、学生時代からモテてましたよ。チョー羨ましかったな」

そこにいたのは、ベージュの作業服の山本重工の社員がひとり。理奈の見たことのない人だ。

「あ、突然すみません。俺、高嶋の同期で、大学も一緒だった、装置技術課の……」

「邪魔者は去れ」

名乗りの途中にもかかわらず、穂積が、装置技術課の何某《なにがし》を押しのけた。

「穂積さん、そりゃないッスよー」

何某は、「アドレス、いやせめて名刺を」と足掻《あが》きつつも、穂積によって建物の中へ追いやられる。

「とっかえひっかえ……」

思わずぼそりと呟いてしまい、慌てて理奈は口を引き結んだ。

だが、どうやらその呟きは、しっかりと穂積の耳に届いていたらしい。穂積は嘆息ののち、今までとは打って変わって落ち着いた声音で、静かに理奈に語りかけてきた。

「それは、川村さんが自分の目で確かめたらいいと思うよ」

「え？　確かめるって、別に、私には関係ないことですし」

そう、関係ない、ない。ポーカーフェイスを意識しながら頷く理奈に苦笑を投げかけてから、穂積が「あ、そうだ」と指を鳴らした。

「さっき、僕、高嶋が殆ど酔っ払ったことない、って言ったけどさ、実は、その貴重な酔っ払い高嶋を、一回だけ見たことがあるんだよ」

穂積は、いかにも内緒話というように口元に手を添えて身を屈めてきた。

「去年に僕達のチームが社内で表彰を受けてね。高嶋は入ってまだ半年だったけど、相当嬉しかったんだろうなあ、その打ち上げの時にさ、ちょっとばかり飲みすぎたみたいで、ひとりで帰すのも心配だったから家に連れて帰って泊めたことがあったんだけど、あいつ、酔っ払うと口が軽くなるんだよね」

そう言って微笑む穂積の瞳は、びっくりするほど優しかった。

「あいつ、ええかっこしいだからなあ。日頃、抑えて、抑えて、ってやってるから、タガが緩んだら色々噴出するんだろうな」

面倒臭い奴だけどよろしくね、と、右手をひらひらと振りながら、穂積はホットレモン片手に去っていった。

名状し難いもやもやとした気持ちとともにプロジェクト室に戻った理奈は、会議室の前で瀬良と話し込んでいる珊慈を見つけて、思わず足を止めた。

理奈に気づいた瀬良が、小さく会釈をする。

瀬良の視線を追うようにして理奈のほうを振り返った珊慈が、ほんの一瞬目元を緩ませた。

よそゆき顔の時とは違う無防備な眼差しに、理奈の心臓が一際高鳴る。

思い返せば、高校の時。理奈と珊慈が兼部していた化学部は、文化系部にしては人気の高い男子が集まっている、と一部の女子の間で評判だった、らしい。それで、途中入部の兼部員である理奈のことをやっかむ声が一部の女子から出ていた、らしい。

『羨ましいのなら、入部すればいいのに』

それをわざわざ教えてくれた級友に、理奈は真顔で返答した。

『お望みどおり仲よくなれるよ。でも、女扱いはされないけどねー』

――彼女達が羨んでいた、〝外〟では滅多に見られない表情。

これぐらいは役得がないとね、と、理奈はすこぶる上機嫌で席に着いた。

＊　＊　＊

「クリスマスは、あの、タカシマとかいう奴と過ごすん？」

大里造船に書類を届けに帰った理奈は、突拍子もない豊田の質問に、思いっきり目を丸くした。驚きの声が口をついて出たところで、なんとか我に返って、声を落としてひそひそと豊田を問い質す。

「なんでそんな質問が出てくるんですか？」

「いや、だって、川村ちゃん、最近よくタカシマと一緒にいるし」

「そりゃあ、同じ職場で同じ仕事してるんだから、行動も同じになりますよ」

あきれ顔を作ってみせるも、豊田はまったくもって怯まず、更なる追及の手を伸ばしてくる。

「でも、川村ちゃん、井神さんとは全然一緒におらへんやろ？」

井神と行動をともにするシチュエーションを想像しようとして、理奈はほどなく諦めの溜め息をついた。

「……それは、私よりも井神さんのほうが、全力で回避しそう」

「そうやなあ。井神さん、なんでか川村ちゃんのこと目の敵にしてるもんなあ」

理奈が肯定も否定もできずにいる中、豊田は顎をさすりながら分析を続ける。

「いや、目の敵、ってほどではないか……。そもそも、あの人、ウチら派遣のことなんて総スルーやもんなあ。そう考えると、川村ちゃんに期待してるから、あんなふうに厳しくツッコミ入れてくるんかも……」

眼鏡の奥からこちらを睨《にら》んでくる冷たい瞳を思い出し、理奈は心の中で盛大に首をひねった。果たしてあれは、期待している人間に向ける眼差しだろうか？　と。

「それはともかく、タカシマなあ。パッと見、真面目そうに見えるし、物腰は丁寧やし、なんか爽やかやし、うっかり騙《だま》されそうになるんやけど、ホンマ実際のところ、どうなんやろ。女癖直ってるんかなあ」

そのあたり、イケメンは全然信用でけへんねん。などと勝手なことを呟いてから、豊田は苛立《いらだ》たしげに頭を振った。

「ああもう、こんなことになるんやったら、あの時、従妹が止めるの聞かんと、ホンマに殴りに行っとったらよかったわ」

もしも豊田が本当にそれを実行していたら、どうなっただろう。つい想像しかけたものの、ふとした疑問を思いつき、理奈は眉を寄せた。

「殴りに、って、わざわざ関東までですか？」

「えっ？　関東？」

素っ頓狂な声を上げた豊田に対して、理奈は、声を落とすよう人差し指を唇に当てた。

「だって、高嶋君、関東の大学だったから……」

「えー、そうなん？　それじゃあ、大学やなくて高校の時やったかな。従妹は関西を出たことないし。六、七年前ぐらいのことやってんけど、なんや記憶がごっちゃになってしまってて……」

高校生でも夏期講習とか模試とかで他の学校の子と知り合ったりするもんなあ、と、渋い顔で豊田が頷く。

理奈の脳裏に、高校の時の珊慈の姿がまざまざと浮かび上がってきた。友人に「天然紳士」とからかわれた時の、珊慈の、あの困惑の表情が。

『別に、わざわざご機嫌とりしているつもりなんかないし。気がついたからフォロー入れた、ってだけだし』

『だから、フッーは、そんな細かいこと気がつかないっつーの』

『んなこと言ったって、気がついてしまったんだから、仕方がないだろ』

そんな紳士な珊慈だから、色んな場面で少なからぬ女子から頼りにされていた。中には、珊慈の親切心につけ込んだり、必要以上に調子づいたりする子も見受けられ、周囲の人間をやきもきさせたことが何度かあったぐらいだ。

「違う……」

思考の続きが、理奈の口をついて出る。

豊田が目をしばたたかせた。

「は？　なにが違うん？」

「違うんですよ、とっかえひっかえは誤解ですよ」

「え？　なんで誤解って言えるん？」

当然のごとく論拠を問うてくる豊田を前に、理奈は知らず唇を噛んだ。豊田を納得させられるような客観的ななにかがあるわけではないからだ。

「それは……、高校の時の高嶋君は、そんなことする人じゃなかったから……」

だが、それでも、理奈は言わずにはいられなかった。たとえ個人的な印象論にすぎなくとも、言っておかなければならない、と思ったのだ。

豊田は、しばし無言で理奈を見つめていた。それから、険しい眼差しのまま口を開いた。

「川村ちゃん、騙されてんで。

……って言いたいところなんやけど、その目ぇ見てたら、なんか気が抜けてしもたわ」

眉間を緩め、肩をすくめて、そうして豊田はとても優しい瞳で微笑んだ。

「見てたんやな？　高嶋クンのこと」

その言葉に触発されるようにして、理奈の胸の内に滞っていたもやもやが一瞬にして吹き飛んでいった。

——そうだよ、私、見てたもん。ずっと。

とぼけたふうを装っているけど、本当は真面目で。クールなふりをしているけど、面倒見がよくて。社交的に見せかけているけど、結構人見知りで。そして、そして……。

——タラシだとか魔王だとか、変わってしまったとか昔のままとか、そんなラベリングに振り回されてどうするの。しっかりしなさいよ、私！

大きく息を吸って、理奈は背筋《せすじ》を伸ばした。クリアになった視界に、世界、が飛び込んでくる。

「せやけど、もしかしたらやっぱり大学時代の話で、里帰りの時に合コンとかでとっかえひっかえやったかもしれへんで？」

流石は豊田、条件の穴を見逃さない。

理奈は苦笑を浮かべて「ですよねー」と息を吐いた。

「でも、たぶん、彼、自分から敵を作ってまわるようなことはしたくないんじゃないかなー、って思うんですよね……」

先日の深酒でやらかしたあとのあの慌てっぷりしかり、穂積が言う「抑えて、抑えて」という評しかり。そういえばスパイククローラーの一件でも、彼は〝成功すること〟に酷くこだわっているように見えた。そんな彼が、とっかえひっかえのようなリスクの高いことをするだろうか。

なるほど、と豊田が唸った。

「ま、正直、今の彼見てても、そんな不誠実な奴には思えへんもんな。女の敵って言うたんは、とりあえず撤回するわ」

と、しかめっ面が、一転して申し訳なさそうに眉を寄せる。

「ていうか、なんか、ウチ、いらんこと言うて、ややこしくしてしもたなあ……。ごめんな……」

神妙な顔で頭を下げる豊田に対して、理奈はきっぱりと首を横に振った。

「全然！　豊田さんのおかげで、むっちゃスッキリしました！」

「せやけど、川村ちゃん、高嶋君のこと……」

おずおずと話しだす豊田を右手で押しとどめ、そうして理奈はにっこりと微笑んだ。

「私ね、高校の時、高嶋君のファンだったんですよ」

そうだ。どこまでも一方的な一人相撲を、これ以上的確に言い表せる言葉は無いだろう。

理奈は満足感とともに大きく息を吸った。

「ファンとしては、〝推し〟にはいつまでも素敵な人でいてほしいじゃないですか。だから、もしも高嶋君が本当は女の敵なタラシだった、ってなった時は、豊田さんも一緒にお説教手伝ってもらってもいいですか？」

理奈が話し終えるまで、豊田はなにも言わなかった。口を引き結び、ゆっくりと頷き、そうして少し大袈裟に自分の胸をドンと叩いてみせる。

「ええで！　任しとき！」

理奈は心からの笑みを浮かべると、晴れ晴れとした顔で設計室をあとにした。

翌朝、山本重工の門をくぐったところで、理奈は穂積に声をかけられた。

「おっはよー、川村さん」

これまで作業服姿以外の穂積を見たことがなかったため、一瞬、理奈は声の主がどこにいるのかわからなかった。深いグレーの上品な仕立てのスーツが右手をひらひらさせているのをようやく見つけて、慌ててお辞儀をする。

「おはようございます」

理奈の傍までやってきた穂積は、ついと目を細めると、顎に手を当ててニヤリと笑った。

「あれれ？　なんか一皮剝《む》けたんじゃない？」

「剝けましたよー。剝きましたとも」

開き直り半分、清々しさ半分で、理奈が胸を張る。

穂積は嬉しそうに微笑んだのち、またさっきと同じ、考え込むようなポーズを作った。

「剝けたとか剝いたとか、オトナな発言だねえ」

「子供でも、サカムケ剝いたりミカンの皮剝いたりするじゃないですか」

「なるほど、そうきたか」

感心したように頷く穂積の視線が、すうっと理奈から逸れる。理奈が怪訝に思って振り返れば、門を通過する珊慈の姿があった。

珊慈は、この上もなく不機嫌な顔で、理奈達の所へと真っ直ぐやってくる。

穂積が悪戯っぽい光を目に宿して、口の端を引き上げた。

「いやー、川村さんって、ホント面白いねえ。今度遊びに誘ってもいい？」

「いい加減にしてください、穂積さん」

珊慈が、開口一番、冷ややかな声で切り込んできた。挨拶もすっ飛ばして。

「そうやって見境なく女性に声かけてると、誤解されますよ」

だが、穂積は今度は遠慮しなかった。ずい、と珊慈の面前へ迫ると、一段低い声で言い放つ。

「白馬に跨《またが》ったお姫様が迎えに来てくれるなんて、僕は夢みてないからね」

珊慈が、唇を噛んで、半歩あとずさった。そうして、そのまま、無言で穂積に背中を向ける。

プロジェクト室のある建物へ消えてゆく珊慈を、なすすべもなく見送ってから、理奈はおずおずと穂積に訊いた。

「今のは一体どういう意味ですか？」

「気にしない、気にしない。まあ、そのうちわかるでしょ」

悪戯っぽい笑みを浮かべる穂積に、理奈はぎくしゃくと頷いた。

＊　＊　＊

ジングルベルの歌を口ずさみながら、理奈はケーキにナイフを入れた。

ホイップクリームの大地を飾っていた山盛りのフルーツが、ナイフが切り進むにつれ、ケーキから零れ落ちていく。

「ああっ、また苺が落ちた。姉ちゃん、どんだけ切るの下手なん」

「文句があるなら、あんたが切りなさいよ」

理奈に言い返されて、二つ下の弟は、あっさりと話題を変えた。

「つうか、姉ちゃん、二十六にもなってクリスマスにデートする相手いないん？」

「うるさい。そう言う自分はどうなのさ、自分は。文句を言うなら、ケーキ食うな」

「修論でそれどころじゃないっての」

地元の大学に通っている弟は、現在修士二年、修士論文地獄真っ只中だ。

「でも、どうしたの？　クリスマスにケーキ買ってくるなんて、今まで無かったのに」

母が、怪訝そうな顔で、小皿とフォークを持ってきた。

「いや、なんとなく、美味しそうだったから、皆で食べようかなーって思って」

「そういや、一昨日ぐらいから、姉ちゃん、なんか機嫌いいよな」

「一皮剝けたからね」

首をかしげて顔を見合わせる母と弟を尻目に、理奈ははなうたを歌いながら、切り分けたケーキを皿にのせていった。

第六章

供試体破損

新年を迎え、まだ松も取れないうちから、プロジェクト室は騒然としていた。機体前面の部品の強度試験で、あろうことか、供試体が破損してしまったのだ。

ロボットの設計とひと口に言っても、いきなり設計図を作り上げられるものではない。基本図、計画図、製造図、と、段階を踏んで細部を詰めていく。絵を描く時に、まず全体の構図を決め、大雑把な形をとり、最後に細部を描いていく、という手順を踏むのと同じだ。

絵を描くための鉛筆や絵の具は画材屋で買ってくれば済むが、設計図に必要な材料《データ》は、部品ごとに試験を行って、自分達で手に入れなければならない。長年の経験で得られたデータをそのまま使うこともあるが、先のクローラーのゴム部分のように新しい材料を試す場合や、タイトな設計を行う場合は特に、そのつど供試体を作製して試験を行う必要がある。

部品をわざわざ破壊して限界性能を探るものなど、試験には色々な種類があるが、今回皆が慌てているのは、本来壊れるべきではないものが壊れてしまったからだ。

「この数字は、どこから出てきたんだ？」

プロジェクト室の一角にあるミーティングスペースの、大きな机に広げられた書類を指し示しながら、瀬良が問いかける。その視線の先には、悄然《しょうぜん》とうなだれて立つ珊慈の姿があった。当該部品の構造解析を行ったのは、珊慈だったのだ。

珊慈の隣には、心配そうな表情を浮かべた田口が立っている。その横に、小坂と井神。理奈を含むその他のメンバーは全員、それぞれの席に着いたまま、チラチラと横目で珊慈達の様子を窺っていた。

「それは……、その、大里造船さんからのデータが……」

絞り出すようにして、珊慈が答える。

それを受けて井神が、大里造船の社名の入ったファイルを机の端に広げた。

「確かに、その部分は私がデータを渡しましたが、既に我が社で何度も試験を行っており、今更壊れるなんてことは……」

ファイルの中から該当する書類を選び出した井神は、瀬良から今回の図面を受け取って、見比べ始めた。

パソコンの駆動音だけが聞こえる、静まりかえった部屋の中、紙をめくる音がやけに大きく響き渡る。

ややあって、井神の手が止まった。

「ここの注釈が、抜けているようですね」

一切の感情を感じさせない声で、井神が、一枚の紙を指し示した。

それは、パーツリストと呼ばれる、材料の詳細を記した書類だった。大里造船のほうには、表の備考欄に、加工業者を指定する一文が記載されている。

井神の指摘に、珊慈が大きく目を見開いた。

材料を揃えるに際して、業者を選定するのは、本来ならば資材部門の仕事のはずだった。普通は設計サイドでこのような指定を行うことは無いため、見落としてしまったのだろう。

「業者を、指定？」

書類を見て、瀬良が怪訝そうに眉をひそめる。

ああ、と小坂が溜め息をついた。

「井神君、高嶋さんにこれを渡した時に、説明はしたの？」

「わざわざ入れている注釈を、まさか無視されるとは思いませんでしたので」

珊慈が、真っ青な顔で、足元に視線を落とす。

「これがイレギュラーな記述だということは、井神君も知っているでしょう？」

小坂は、鋭い一瞥を井神に投げたあと、瀬良に向かって一歩前に出た。まるで珊慈を庇うかのように。

「この製作所は、我が社ともう何十年も付き合いのある加工業者で、非常に熟達した技術を持っておられます。この図面は、この製作所の腕前を前提に、ぎりぎりの設計を行っていました」

「つまり、この数字は、その業者でのみ実現可能だった、ということですか」

「そうです」

大きな溜め息をついてから、瀬良は書類を机の上に置いた。険しい表情を少しだけ解き、小坂を見る。

「そちらでは、技術部門が、こういった業者指定をすることがあるんですか」

「我が社でも特殊なケースではありますが」

「小回りの利く大里造船さんならではのやり方、というわけですね」

瀬良は、感心したように何度も頷いたのち、もう一度大きく息を吐いた。

「となると、もう一度供試体を作るところからやり直し、か……」

部屋に再び沈黙がおりる。

理奈は、腹をくくると、席を立ってミーティングスペースへ向かった。

「お話し中のところ、失礼します」

「なに？　川村さん」

小坂が訝《いぶか》しげに理奈を振り返った。

「その指定業者って、寺西《てらにし》製作所さんですよね？」

「そうだよ」

「寺西さんなら、私、前に何度か直接お話ししたことがあるので、お願いに行ってきましょうか」

業者指定の話が出たところで、なにが起こっているのか状況を把握した理奈は、話を切り出すタイミングをずっと窺っていたのだ。

理奈の言葉に、小坂が力強く頷いた。次いで田口が安堵の笑みを浮かべる。井神は表情を一切変えず、最後に珊慈が、驚きの表情で理奈を見た。

「それはとてもありがたい申し出だが、その前にまず筋を通さねばならないところがある」

毅然《きぜん》とした態度で言いきった瀬良だが、その眼差しは、心なしか先ほどよりも柔らかく見えた。

「高嶋、資材に謝りに行くぞ。小坂さんも一緒に来ていただいて、業者指定についての説明を、あっちでもう一度お願いできますか。川村さんには、そのあとでお手伝いをお願いしたい」

「わかりました」

理奈と小坂が声を揃えて返答する。

蒼白な顔で書類を片付ける珊慈に、井神が辛辣な一言を投げた。

「いくら変則的な記述だとしても、普通は、書かれていることを確認するだろう。意識が足りなすぎる」

「……申し訳ありませんでした」

苦渋の声を残し、珊慈は瀬良と小坂のあとを追う。

その背中を、理奈は祈るような心地で見送った。

なんとか本日中に、とお願いして、夕方五時のアポをとることができた理奈は、珊慈を伴って件の製作所に向かった。

道すがら、珊慈はずっと無言だった。

だから、理奈もなにも言わなかった。

最寄りの駅で電車を降りたふたりは、まだお正月気分の抜けきらない商店街を抜けると、川沿いの遊歩道を海のほうへと進んでいった。

水辺をからっ風が吹き抜けていく。身体ばかりか心の底まで冷えきってしまいそうになりながら、理奈は黙々と歩き続けた。

目的地目前、信号待ちで立ち止まったところで、珊慈が一際大きな溜め息をついた。

理奈は、胸いっぱいに息を吸い込むと、ゆっくりと口を開いた。

「失敗しない人間なんていない」

正面を向いたまま、自分に言い聞かせるように、きっぱりと。

珊慈は依然として黙ったままだったが、理奈は、彼の視線が自分に向けられるのを、確かに感じた。

「乗り越えられる、というところを、皆に見せつけてやればいい」

信号が青に変わる。

理奈は腹の底に力を込めると、大きく一歩を踏み出した。

最初期の埋め立て区画に建つ、金属加工専門の小さな工場である寺西製作所は、理奈にとって思い出深い会社だった。

夕闇に沈む薄暗い工場内、蛍光灯の光に照らされる中、工作機械が稼働する音が絶え間なく響いている。事務所に通された理奈達は、小柄な初老の男性の出迎えを受けた。

「久しぶりだねえ、川村さん」

寺西社長は、ふたりにソファを勧めると、自身も向かい側に腰を下ろした。

「あれは確か、二年ぐらい前だったかね。大橋さんに連れられてウチに謝りに来たねえ」

いつぞや、理奈のミスのせいで先輩の大橋に迷惑をかけたというのが、この製作所に関わる仕事だった。部品を発注した三日後に図面に間違いが見つかり、明け方までかかって必死で修正して、朝一でやり直しをお願いしにきたことがあったのだ。

「あの時は、今のこの兄さんみたいに、真っ青な顔してひたすら縮こまってたなあ」

にやりと笑ったのち、寺西は珊慈を指して「後輩かい？」と理奈に訊いた。

うわ、それ禁句、と理奈が焦る間もなく、珊慈が深々と頭を下げる。

「初めまして。このたび、川村さんと一緒に仕事をさせていただいている、高嶋と申します」

珊慈の渡した名刺を見るなり、寺西は大きく片眉を上げた。

「急ぎの仕事があるって話だったが、山本重工さんが、なにを？」

そこで、珊慈が、今回の顚末《てんまつ》を包み隠さず説明した。大里造船との合同プロジェクトの話から、自分がこの寺西製作所の名を見落としたせいで供試体が破損したことまで、全て。

「そうか、壊れちまったかい」

最初のうちは、つまらなさそうな眼差しで珊慈の話を聞いていた寺西だったが、山本重工の手配した業者が期待した結果を出せなかったことを聞き、その精悍《せいかん》な面《おもて》に微かに笑みを刻んだ。どうやら、彼の自尊心を上手い具合に刺激することができたようだ。

「ああ、まあ、なんだ、そういう事情なら仕方がねえなあ。最優先とはいかないが、できるだけ急いでやってあげるよ」

「ありがとうございます！」

理奈と珊慈、ふたりの声がきれいに揃った。


無事契約を交わして理奈達が寺西製作所を辞した時には、夜もとっぷりと更けてしまっていた。

来た時と同じ、川沿いの道を駅まで歩く。春には花見の客が押し寄せる遊歩道も、寒風吹きすさぶ真冬の夜ともなれば、見渡す限り人っ子一人見当たらない寂しい道だ。

遠くに電車の高架が見えてきた頃、製作所を出てからずっと無言だった珊慈が、改まった調子で理奈の名を呼んだ。

「川村さん」

立ち止まった珊慈に合わせて、理奈もまた足を止めた。

「今日は、本当にありがとう」

珊瑚の目が、真正面から理奈を射ぬく。理奈はどぎまぎしながら、少し大袈裟に右手を振った。

「いいのいいの、気にしないで。社長さんも言ってたでしょ、私も前にミスをやらかしたって。私、そそっかしい上にどんくさいからさ、しょっちゅう誰かに迷惑かけてるんだよね。だから今回のことも、全然他人事じゃなくってね」

「でも……」

握りしめられた珊瑚のこぶしが、微かに震えている。

理奈は、敢えて思わせぶりに言葉を継いだ。

「それに、これは、ある意味〝恩返し〟でもあるのよ」

「……恩、返し？」

珊瑚が、不思議そうに復唱する。

「誰かのお世話になった分、今度は私が他の人をお世話して、で、私がお世話した誰かが、また他の誰かをお世話して、ってなったら、なんだか幸せが広がっていく感じがして素敵じゃない？　だから高嶋君も、私じゃない誰か他の人に〝お返し〟してあげたら、それでオーケーってわけ」

きっぱりと言いきった理奈に、珊瑚はまず目を丸くして、それから静かに微笑んだ。

「川村さんは、やっぱりすごいな」

「ええっ？」

予想もしていなかった言葉に、理奈は思いっきり絶句した。

珊慈は、理奈から僅かに視線を外し、訥々《とつとつ》と話し続ける。

「行き道だって、俺、ものすごく励まされたし……」

「あ、あれ、実は、他人の受け売りなのよ」

理奈はおたおたと両手を振った。

「『失敗しない人間なんていない』ってね、さっきも名前が出てきた、大橋さんって先輩が、大ポカした私に言ってくれた言葉なの。私が井神さんに嫌味言われて半泣きになってた時にも『乗り越えられる、というところを見せつけてやればいい』って言ってくれてね。だから……」

「そう」

理奈が大橋の名を出したのと同じタイミングで、珊慈が、つい、と視線を逸らせた。

「大橋さん、って、去年に辞めたとかいう……？」

「随分面倒見のいい先輩だったんだね」

声の冷たさに少し違和感を抱きつつ、理奈は大きくかぶりを振った。

「そうなのよ。もしも大橋さんが会社を辞めてなかったら、きっと今回のことも……」

「川村さん」

顔を背けたまま理奈の語りを遮って、それから珊慈は理奈を正面から見つめてきた。

「な、なに？」

「川村さん、俺……」

勢いをつけるように珊慈が大きく息を吸いこんだ瞬間、アップテンポなドラムの音が辺りに鳴り響いた。

珊慈が、弾かれたようにびくんと背筋《せすじ》を震わせた。歯ぎしりが聞こえそうなほど奥歯を噛み締め、眉間に深い皺を刻み、まるで泣くのを我慢しているかのような表情で、コートのポケットに手を突っ込んだ。

スマホが奏でるブリティッシュロックが、静まり返った街路に反響する。珊慈は唇を噛みながら着信応答の操作を行った。

『瀬良だ。どうだ、上手く話はついたか』

スピーカーから漏れる声が夜のしじまに漂う。珊慈の吐き出した白い息が、画面の明かりにくっきりと浮かび上がった。

「…………契約書類、いただいてきました」

絞り出すようにマイクに告げて、また溜め息。珊慈の口元が白くけぶる。

『そうか、よくやった。気をつけて戻ってきてくれ』

「……わかりました」

『ん？　電話が遠いな。なんて言った？』

「わ・か・り・ま・し・た！」

やけっぱちのようにがなり立てて、珊慈は通話を切った。荒い呼吸を二度三度繰り返したのち、大きくがくりと肩を落とす。

「ええと……、あの、大丈夫？」

予想もしていない時に受ける電話には、理奈も度肝を抜かれることがある。往来を歩いている時や、他人と話している時は特に、だ。今のは若干取り乱しすぎではないかとも思ったが、珊慈にとっては、人前で醜態を晒してしまったことが相当悔しかったに違いない。

「ああ」

憔悴《しょうすい》しきった声が、短く応える。ここは他人があまり気にしないほうがいいだろう、と、理奈は敢えて事も無げに問いを重ねた。

「瀬良さん、やっぱり心配してくれてたんだ」

「ああ」

「んで、さっき、高嶋君、なにを言いかけてたん？」

一拍の間ののち、深い溜め息が返ってきた。

珊慈はのろのろと首を横に振ると、「なんでもない」と言い置いて、ひとりさっさと歩き始めた。

＊　＊　＊

「僕もね、あの言い方は無いわー、って思いましたね」

理奈の前の席に座る一年下の後輩・湯川《ゆかわ》が、残業食のパンを齧《かじ》りながらぼやく。

午後八時を回ったプロジェクト室には、理奈と珊慈と湯川の三人が残っていた。

先月の大里造船特装課の打ち上げ以来、珊慈や田口と大里組との距離は縮まり、特に湯川は、年の近い珊慈に随分と懐いていた。そんなわけで彼も理奈と一緒に、供試体破損で仕事量が倍増した珊慈の手伝いに名乗りを上げたのだ。

珊慈のミスが発覚して十日、目が回るほどの忙しさもようやく落ち着く兆しが見え始めた金曜日、雑談をする心の余裕が出てきたところで、湯川が井神に対する日頃の不満を吐き出している。

「小坂さんも言ってたように僕らのやり方がイレギュラーなんだから、説明があって当然だと思うんですよ」

「いや、でも、見落とした俺が悪いのは確かだから」

「それでも、言い方ってものがあるでしょう。井神さんが逆の立場だったら、あの人、絶対、文句言ってますよ。『説明責任はそちらにある』って」

湯川の披露したモノマネが、眼鏡の押し上げ方から声の調子まで井神本人にそっくりで、理奈はふき出しそうになるのを必死で我慢した。

「文句を言ったところで、試験が失敗したことには変わりないからね」

ディスプレイから目を離さないまま、珊慈が静かに答える。

湯川が椅子を更に珊慈のほうに向けて回転させて、「すごいなあ」と感嘆の溜め息をついた。

「僕が高嶋さんだったら、絶対ぶち切れてましたよ……。川村さんだってそうでしょ？」

「こら、私を巻き込むな」

グラフの数値を確認しながら、理奈は苦笑した。「ほら、パンを食べ終わったなら、さっさと作業に戻ろう」と先輩らしいことを言ってみる。

湯川は素直に椅子の向きを戻した。

「でも、ホント、僕、高嶋さんのこと尊敬してるんですよ。普段も、自分の仕事だけじゃなくて、僕らの作業もさりげに見守っててくれてて、困ってたらスッと助け船出してくれるの、ホントすごいなあ、って思うんですよ。やっぱり専門知識があるのって強いですよね」

理奈がチラリと隣を窺えば、珊慈が照れを隠そうと口元に力を込めていた。理奈の視線に珊慈が気づく前に、急いで手元の書類に顔を戻す。

「井神さんもなあ、デキる人なんだから、もうちょっと物腰穏やかだったらいいんだけどなあ。昔はあそこまでギスギスしてなかったらしいのに」

「え、そうなの？」

湯川がぼそりと呟いた、その内容に、理奈は反射的に食いついていた。

「らしいですよ。ていうか、ええと、これ、あくまでも聞いた噂なんですけど……」

と、再び湯川が椅子を後ろに向けて、いかにも秘密の話とばかりに口元に手を添えた。

「電装の某先輩が言ってたんですが、僕が入社する二、三年前、井神さんが小坂さんにフラれたらしい、って。それから、ああいう感じにギスギスマンになっちゃったらしい、って……」

「マジ？」

「いや、だから、あくまでも噂ですって。『だからお前らは社内恋愛には慎重にな』って……」

と、その時、理奈の後方、小坂の机の電話が鳴り響いた。

ひそひそ話の真っ最中というタイミングの悪さに、理奈と湯川は飛び上がらんばかりに驚いた。動揺のあまり硬直するふたりを横目に、珊慈がそつなく受話器を取る。

ほどなく、「小坂さんから」と理奈に受話器が渡された。

「もしもし？」

『川村さん？　こんな時間で悪いんだけど、今すぐ会社に、大里に戻ってきてくれる？』

スピーカーが発する小坂の声は、いつになく硬かった。

「今すぐですか？」

『ちょっとね、今日中に処理しておきたい案件ができてね。湯川君もいるんだよね？　彼も一緒に』

「あ、はい。わかりました」

『じゃあ、よろしく。気をつけて』

ただ事ならぬ気配を感じ、理奈は唇を引き結んだ。

第七章　デッドアングル

電車を降りた理奈と湯川は、凍てついた夜の風を切って大里本社へ急いだ。時刻は既に九時を過ぎ、門に詰めている守衛が同情の眼差しで「お疲れさまです」と挨拶をくれる。

設計室には、特殊装備開発課の面々と技術部部長が集まっていた。残業中だった他の課の数人が、離れた島からちらちらとこちらを窺っている。

「なにがあったんですか？」

「全員が集まってから、説明する」

帰宅していた最後のひとりがやって来たところで、一同は第一会議室へと場所を移した。

「困ったことになった」

全員が席に着いたところで、部長が静かに口を開いた。

「市に納入したＯＳＴ２３Ｃに、不具合が出た」

その瞬間、会議室の中を緊張が走った。

ＯＳＴ２３Ｃとは、簡易なマニピュレーター――作業用アーム――を装備した水中撮影用ロボットで、理奈が入社した年に市が購入し、水源地ダムの保守点検に使用されているものだ。

「不具合なんですか？　故障ではなくて」

ひとりの問いかけに、小坂が真剣な顔で頷いた。

「そう。単なる故障じゃない。不具合、つまり、我々の設計ミスのせいで、破損が生じたんだよ」

「でも、なんで、四年近くも経った今頃に？」

「今までなにも問題はなかったんですよね？」

「一体どこに不具合があったんですか？」

皆が一斉に質問を繰り出すのを、小坂が大きな身振りで押しとどめた。

「順を追って説明するから、質問はそのあとで」

小坂の話によると、ロボットのアームと本体との接続部の小さな金具に、設計ミスがあったのだという。ＯＳＴ２３Ｃが、ダム取水口に引っかかった異物を排除する際に、金具にひびが入り、機体内に水が入ってしまったということだった。

ガマさんが、書類をめくりながら小坂のあとを続けた。

「調べてみたら、この部品が、また見事な〝死角〟に嵌まっててね。どうやら、マニピュレータ班も船殻班も、お互い相手がこの部品を担当していると思い込んでいたみたいで、基本図からまったく手を加えないまま、最後まで行ってしまったみたいなんだよ」

ガマさんの言葉を聞いて、当時担当者だった四名が、絶句する。

「いや、君達の責任というよりも、チェックできなかった我々の責任だよ」

そう言って小坂が井神のほうを見る。

課長補佐である井神は、非常に不本意そうな表情を浮かべたものの、なにも言わずに微かに頷いた。

「もしかして、２３Ｃ以外も……」

かつてのマニピュレータ担当者が、青い顔をして呟く。「いや、だって、本当に、自分の担当だなんて思っていなくて……」

小坂が、神妙な顔で頷いた。

「23型以降は、仕方がないね」

申し訳ありません！　と、件の四人が一斉に立ち上がり頭を下げる。

部長が静かな声で、四人に対して着席するよう声をかけた。

「君達だけの責任ではない、と小坂君も言ったろう。とにかく、これからどうするかを考えなければ」

「リコール、ですか」

片隅から上がった声に、小坂は複雑そうな表情で「そこなんだよね」と溜め息をついた。

「問題の部品なんだけれど、破損する条件が限られているんだよ。マニピュレータの角度と、力のかかる向きにさえ気をつけていれば、一応問題なく使うことができる。そのせいで、今まで設計ミスに気がつかなかったんだね」

「でも、そのままにしておくわけにはいきませんよね」

理奈が問えば、小坂は「勿論」と大きく頷いた。

「リコールはする。だけど、できる限り内々に、というのが、我々の見解だ」

「どうしてですか？」

理奈のすぐ隣で湯川が、怪訝そうに小首をかしげる。

それに対して、小坂が苦渋の表情を作った。

「23型は、海資《かいし》研《けん》も使ってくださっているんだよ。そして、海資研の調査船は、先週、調査航海に出たばかりなんだ」

その瞬間、えもいわれぬざわめきが、会議室中を満たした。

海資研とは、正式名称を海洋資源開発協同研究所といい、近年、兵庫県や京都府を始めとする日本海側の複数の府県が共同で設置した地方独立行政法人だ。

口を引き結ぶ小坂のあとを引き取って、部長が重々しい口を開いた。

「リコールとなると、今回の調査航海で23型は使えなくなる。かといって修理のために調査船が帰ってくるのは、スケジュールや費用の面を考えても現実的ではない。どちらに転んでも、その損害は計り知れないものとなるだろう。海資研に限って言えば、23型の担当者に、部品が破損しない使い方をしっかり伝えて、調査が終わってから修理する、という方法をとるしかないだろう」

そういうことか、と、理奈が内心頷いていると、部長の目配せを受けた小坂が、居住まいを正した。

「で、実は、ここからが本題なんだ」

トーンを落とした声で、小坂は話し続ける。

「問題の部品のデータを、今進めている山本重工とのプロジェクトでも使ってしまっているんだよ……」

恐ろしいまでの沈黙が、その場におりた。

壁にかかった時計の秒針が、かちりかちりと時を刻む中、全員が息を殺して、小坂の次の言葉を待っている。

「皆知ってのとおり、作業用のアームは向こうの担当だが、実は、参考値として、現行機のマニピュレータ周辺のデータをこちらから提供したんだ」

小坂はそこで言葉を切って、井神の名を呼んだ。

井神は、眼鏡の位置を直してから、書類の束を手にとった。

「調べたところ、山本重工のアーム班は、我々のデータを基に接合部の設計を行ってしまっています。先だっての注釈無視の案件とは違い、完全に我々側のミスですね」

部屋のあちこちから、悲痛な呻《うめ》き声が湧き起こった。

設計の基本図を仕上げる期日は、目の前に迫っていた。実証済みのデータだと思われていたものが、実はそうではなかったとわかれば、おそらく新たに試験を行う必要が出てくるだろう。そうなると、当初のスケジュールを大幅にオーバーしてしまうことになる。

部長が難しい顔で腕組みをした。

「年度末も近いことだし、ここに来て突然基本図の提出が遅れるとなれば、話が大きくなるのは必至だ。そうなれば、23型の件まで公になってしまう。とりあえず、このまま基本図を通し、次のフェーズで修正するしかない」

溜め息をつく部長に、井神が静かに顔を向けた。

「ということは、基本図が出来上がるまでは、この件について我々はなにも手を打てない、ということですか？　それでは、あまりにも効率が悪すぎませんか？」

部長の喉から、唸るような声が漏れた。

井神は、淡々と言葉を重ねていく。

「既にこのプロジェクトには、当初の予定よりも一箇月ほど遅れが生じています。仮に、この設計ミスで基本図の作成が更に遅れたとしても、それは我々だけの責任とは言えません」

理奈はひとり密かに唇を噛んだ。昨年末のスパイククローラーの件や先日の珊瑚の見落としを利用して、今回の設計ミスが生むスケジュールの遅れをカモフラージュしよう、と井神は言っているのだ。

「ですが、基本図を仕上げたあとで、この設計ミスの話を持ち出せば、一切が我々のせいになってしまいます」

「それは、仕方がないだろう……」

部長の掠《かす》れ声を、井神の声がかき消した。

「今回の件を、プロジェクトマネージャーに相談すればいいと思います。スケジュール調整は、なによりもプロジェクトマネージャーの仕事です。その際、リコールのことを外部に伏せてもらうように頼めばいいでしょう。リコールが表沙汰になればプロジェクトにも支障が出る、となれば、きっと上手く上を説得してくださるでしょう」

「しかし、我々の都合で、瀬良さんにそこまで負担をかけていいものか……」

井神の提言に、部長はしばし考え込んだものの、やがて「いや」ときっぱり首を横に振った。

「やはり、社外の人間に、そこまで迷惑はかけられない。最初に言ったように、とにかく、基本図を完遂させよう。全ては、そのあとだ」


緊急会議が終わり、理奈は憂鬱な顔で席を立った。

面倒事全てを瀬良に押しつけようとする井神の考えには賛成しかねるが、「瀬良に相談する」という一点において、理奈は井神の言葉に内心頷いていた。会社の利益を守るためにはリコールのことを秘密にしておく必要がある、ということは、充分理解していたが。

――だって、失敗を乗り越えろ、なんてドヤ顔で高嶋君に言っちゃったもんね……。

あの時、「意識が足りない」と追い打ちをかける井神に、珊瑚が絞り出した「申し訳ありませんでした」の声。あんな声を彼に出させておいて、自分達がミスをした時は誤魔化すというのは、どうなのだろうか。

とはいえ、事は、特装課だけではなく会社全体に関わる問題なのだ。個人的なヒロイズムにこだわっている場合ではない。

理奈の口から、大きな溜め息が、漏れ出でた。

＊　＊　＊

ところが、四日後の火曜日になって、事態は思わぬ展開をみせた。

午後になって瀬良に呼ばれた小坂は、会議室から出てくるなり、眉間に深い皺を刻んだまま出向組を机に集めた。

「終業後、予定の無い者は大里に集合」

どうしました？　との声に、小坂は一言「設計ミスの件が漏れた」とだけ答えて、皆を業務に戻した。

「瀬良さんが知っていた、とは、どういうことだ？」

技術部部長が、小坂に詰め寄るようにして問いを発する。

晩になって理奈達出向組が大里造船に戻るなり、特装課の面々が集められたのは、設計室ではなく総合事務所内にある会議室だった。四日前の緊急会議とは違い、今日は社長も臨席している。

「本日の昼過ぎに、瀬良プロジェクトマネージャーに呼び出されまして、口頭で、大里のデータに不備があるという話を耳にしたが、事実か否か、と問われました」

静まりかえった部屋の中、部長が、声にならない声を漏らした。

「適当にカマをかけてきた、というわけではないのか？」

「マニピュレータと船殻の接合部、ということまで、仰ってました」

小坂の言葉が終わりきらないうちに、会議室は騒然となった。

どういうことだ、なんで知っているんだ、これからどうなるんだ、どうすればいいのか。

不安げなざわめきを、刃物のような井神の声が、一刀両断に切り裂いた。

「一体、誰が情報を漏らしたのでしょうか」

一斉に息を呑む一同を前に、小坂が冷静に口を開く。

「今は、そういう話をする時ではないよ。とにかく、これからどうするかを話し合おう」

「いえ、今後のためにも、まず、どこから情報が漏れたのかはっきりさせておく必要があるかと思います」

食い下がる井神を、小坂が辛抱強くたしなめる。

「それは、問題が解決したあとの話だろう」

「私はそうは思いません。獅子身中《しししんちゅう》の虫を放っておいては、皆の士気も下がる一方でしょう。瀬良さんは誰からこの情報を得たと言っていたのですか？」

容赦のない井神の追及に対して、小坂が溜め息をついた。

「そもそも瀬良さんは、情報の出どころについては、なにも仰らなかったんだよ。私の一存で詳しいことを言うわけにもいかなかったから、あまり深く追及もできなくてね」

　鋭い眼差しを小坂に注いでいた井神は、次にそれを理奈に向けた。

「そういえば、川村さんは、最近よく山本重工の高嶋さんと話しているようだが……」

　いきなり話題を振られた理奈は、驚いて目を丸く見開いた。

「え？　あ、はい？」

「彼に、なにか不用意なことを言ったりしていないだろうな？」

「まさか！」

　咄嗟に悲鳴のような声が理奈の口をついて出る。気持ちを落ち着かせるべく、深呼吸をひとつ、理奈はあらためて「今回の件について、誰にも、なにも、漏らしたことはありません」と明瞭に言いきった。

　しかし、井神は眼鏡の奥で目を細めると、なおも食い下がってきた。

「だが、こういった他社の情報は、彼にとって社内におけるアドバンテージとなるだろう？君もそう思わないか？」

　その瞬間、理奈は、自分の頬がカッと熱くなるのを感じた。

「どういう意味ですか！」

　理奈が声を荒らげるのと同じタイミングで、小坂が低い声で井神の名を呼ぶ。

「井神君、ここは、君の妄想を発表する場所ではないよ」

　鼻白む井神を一顧だにせず、小坂は社長のほうを向いた。

「情報漏洩《ろうえい》といえば、以前報告いたしましたが、山本重工のセキュリティの高さは、我が社としても、見習うべきものがあるかと思います」

そつなく話題を変えた小坂に、大里社長も調子を合わせて頷いた。

「確か、設計室には私物の持ち込みができないんだったね」

「ええ。設計棟の一階が丸々ロッカー室になっていて、荷物はそこに預けなければならないことになっています。他にも……、……――」

小坂の語りが一段落したところで、社長が、うむ、と腕組みをした。

「管理の度合いや方法は、社風にも関わってくるからなあ……」

規則で縛るか、信頼関係で保つか。できれば後者がいいな、と思っているんだがね、と呟いてから、社長はあらためて一同を見渡した。

「とにかく、瀬良プロジェクトマネージャーとは、一度、直接お会いしたほうがいいだろう。小坂さん、調整を頼みます」

「わかりました」

会議が解散となったあとも、理奈はすぐに席を立てずにいた。

課の皆が次々に会議室を出ていく中、理奈は手のひらに爪を立て、こぶしを握りしめ続けていた。

――なによ、なによなによなによ、あの言い方……！

男の気を惹《ひ》くために機密情報を漏らしたんじゃないのか。井神が言いたかったのは、そういうことに違いない。怒りのままに心の中で思いっきり井神を罵倒して、それから理奈は握りしめたままの右手を、そっと胸元にやった。

なにかもやもやとしたものが、じわりと理奈の胸に湧き上がってくるようだった。


明けて水曜日、今回の問題について、定時後に大里造船にて瀬良を交えて話し合いが設けられることとなった。

終業を知らせるチャイムが、軽やかにプロジェクト室に鳴り響く。瀬良と、その補佐である田口、そして小坂と井神が静かに外出の準備を始めた。

理奈他の下っ端社員は、引き続き自らの業務にあたるように言われている。どうか話が上手くまとまりますように、と、心の中で祈ってから、理奈は目の前のディスプレイに視線を戻した。

と、瀬良が、理奈と珊慈の名を呼んだ。

「川村さんと高嶋にも、一緒に来てもらおうかな」

素直に「はい」と返事をする珊慈の横で、理奈は反射的に「私も、ですか?」と聞き返してしまっていた。

「最初の顔合わせの時と同じだよ。役職持ちではない、一般社員代表、ということで、一緒に来てもらおう」

瀬良の口調には、有無を言わせぬものが感じられた。

「では、川村さんも。至急準備をして」

小坂の声に「わかりました」と応えると、理奈は大慌てで片付けを始めた。

既に支度を整えた小坂と井神が、「建物の外で待つ」と言い置いて、先にプロジェクト室を出ていった。

理奈はファイルを確認し終えると、マシンの電源を落とし、書類を仕舞って資料を共用机に戻した。隣の珊慈が片付け途中で他の社員と話し込んでいるのを見て、理奈も先に下へ行くことにする。運動のため、といつもどおり階段を使い、三階を過ぎたところで、弁当箱を机の中に置き忘れてきたことに気がついた。

いくら冬とはいえ、食べたあとの弁当箱を一日以上放置するのはやめておきたい。理奈は即座に踵を返した。自分の迂闊さに溜め息をつきながら、踊り場を通過し、四階へ……。

四階まであと二段、というところで、理奈の耳が微かな声を拾った。

「高嶋」

それは、瀬良の声だった。明らかに人目を憚《はばか》っている様子の声音に、理奈は思わず足を止めた。

声は、エレベータの前から聞こえてくる。

「これから先、なにが起こったとしても、お前が気にすることはなにも無いからな」

軽やかな電子音が響き、エレベータの扉が開いて、閉じた。

再び訪れた静寂の中、理奈はしばらく身動きひとつできずにいた。


当初、大里造船の総合事務所内で行われる予定だった話し合いは、「技術棟を見学したい」との瀬良の希望から、設計室の会議室で行われることになった。

設計室に来るのは初めてだ、という瀬良は、田口や珊慈を放っておいて、興味深そうな眼差しで部屋の中を見て歩いていた。設計室の中央にある、図面を広げられる広い共用机を見て、傍らの小坂に、「ミーティングスペースが部屋の中心にあるというのは、非常に大里造船さんらしいですね」などと語りかけている。

技術開発課の島へ寄り、いつぞやの三次元繊維強化ゴムについて課長と豊田に声をかけ、ひととおり見学を終えた瀬良が理奈達の所に戻ってきたのと同じタイミングで、大里社長が設計室に姿を現した。

瀬良は、社長と挨拶を交わしたのち、ふと、なにか思いついたような表情を浮かべた。

「やはり、最初は少人数でお話ししたほうがいいかもしれませんね」

大里側の全員が怪訝そうに顔を見合わせる中、瀬良は静かな声で、田口を指し示した。

「こちらは、私と、田口。そちらは、大里さんと、小坂さん。まずはこの四人で話をいたしましょう」

「しかし……」

井神が異議を唱えようとするのを、小坂が静かに制止した。今回の場合、大里造船の立場のほうが圧倒的に弱いのだ。瀬良の意図がどこにあろうが、それに異論を差し挟む権限など、大里側には無い。

「わかりました。瀬良さんの都合のよいように」

社長の言葉を合図に、小坂がきびきびとした動きで瀬良達を会議室へと先導していった。

設計室にいる全員が、四人が消えていった会議室の扉を注視している中、理奈だけが、ちらちらと隣に立つ珊慈の様子を窺っていた。

理奈は、先刻エレベータ前で立ち聞きしてしまった瀬良の言葉を、もう何度も胸の中で反芻《はんすう》していた。

『これから先、なにが起こったとしても、お前が気にすることはなにも無い』

あれは、一体どういう意味だったのだろうか。

なにも気にしなくていい、とわざわざ言うからには、瀬良は、なにか珊慈が気にするような事が起きると思っているのだろう。この台詞をあのタイミングで、人目を憚りながら言うということは、起きるかもしれない〝なにか〟とは、今回の情報漏洩に関することだと考えるのが、普通だろう。

――高嶋君が、今回の件に関わっている、と？

しかも、あの瀬良の言い方は、珊慈を庇護《ひご》しているように聞こえた。「私がいいように取り計らってやるから、お前はなにも気にするな」と、そんな雰囲気を醸し出していた。

――瀬良さんが、なにか指示を出していた、とか？

そっと傍らの珊慈を見上げれば、彼はじっと腕組みをして、見たこともない難しい表情を浮かべている。

ふと、その視線が、会議室とは別な方角を向いていることに気がつき、理奈は思わず首をかしげた。なにを見ているんだろう、と、彼の視線を追おうとした瞬間、当の珊慈が理奈を呼んだ。

「川村さん」

「えっ、なに？」

自分が先刻の彼らの会話を――それも盗み聞きしたものを――不審に思っていることに気づかれたくなくて、理奈は全力でそらとぼけた。

だが、珊慈は険しい眼差しのまま、じっと理奈を見つめてくる。どうにかして誤魔化さなければ、でも、なにをどう言えばいいのだろうか。慌てる理奈の口をついて、瀬良の名が飛び出した。

「瀬良さんってば、すごいね」

「え？」

眉間の皺を更に深くして、珊慈が問うた。

理奈は、全身全霊のちからを振り絞ってポーカーフェイスに努めた。

「だって、今回の件、まだなにもそちらには言ってないのに、突然瀬良さんに指摘されたから、びっくりしたわあ。すごいよね、瀬良さんの情報網」

慎重に。なんでもないように。細心の注意を払って言葉を選んで、理奈は珊瑚に探りを入れる。

果たして、珊瑚は、いつになく落ち着きの欠けた様子で、躊躇いがちに頷いた。

「あ、うん、まあね……」

言葉を濁す珊瑚を見て、理奈は、腹の底がきゅっと縮み上がるような気がした。

再び、ふたりの間に沈黙がおりる。

しばしのちに理奈がおずおずと隣を見上げれば、珊瑚は、今度は会議室の扉を、じっと見つめていた。

理奈は、先ほど珊瑚が見ていたと思しき方角を、こっそりと見やった。

机の隙間から、あけ放された廊下への扉と、その傍のおやつ机が見えた。

「あれ？」

思わず声を漏らしてから、理奈は慌てて隣を窺った。

幸い珊瑚には聞こえなかったようで、彼は依然として会議室を注視している。

理奈は、もう一度おやつ机を見た。

いつぞや瀬良がくれた、フランス土産のキャンディ缶が、消えている。

――さっき見た時には、あったのに。

嫌な予感に押しつぶされそうになりながら、理奈は隣に立つ珊慈の顔を、盗み見た。

話し合いが終わり、山本重工の一行を見送ったあと、真っ先に動いたのは井神だった。彼は、詰め寄るようにして小坂に問いをぶつけてくる。

「瀬良さんは、誰からこのことを教わったか仰っていましたか?」

またそれか、と言わんばかりの表情で、小坂が肩を落とした。若干周囲を気にしながら、少し小声で井神に応える。

「いいや。それについては、結局教えてはもらえなかったよ。『色んな方面へアンテナを伸ばすのが、私の仕事ですから』だそうだ」

なにか言いかけた井神を手で制しつつ、小坂は話し続ける。

「どこか取引先からリコールのことが漏れたんじゃないかな。わざと漏らしたのではなくとも、周辺の情報から推測されてしまうことだってあるだろうし。社長も、遅かれ早かれこうなっただろう、って仰っている」

「早すぎます」

きっぱりと断言する井神に、小坂が苦笑を浮かべた。

「これが、世界規模の大企業の実力、ということかもね」

井神は、ふん、と小さく鼻を鳴らしてから質問を変えた。

「ならば、何故瀬良さんは、わざわざここに連れて来ておきながら、私や川村達を話し合いに参加させなかったのでしょうか」

「さあね。聞いていない」

すげない答えに、井神の口から溜め息が漏れる。

だが、彼は再び顔を上げると、先ほどまでよりも低い声で囁《ささや》いた。

「それと、ひとつ、気になることが」

「なに？」

井神につられたか、小坂が囁くように問い返す。

「以前、瀬良さんにいただいたお菓子の缶が無くなっています」

理奈は知らず目を見開いていた。井神も気がついていたのか、と。

井神は、抑揚のない声で、言葉を継いだ。

「もしかしたら、あの中に盗聴器の類が……」

「不用意なことを言わない」

小坂がぴしゃりとたしなめるも、井神はなおも食い下がる。

「瀬良さんが設計室を見学してまわっている間、田口さんも高嶋さんも、電話だの手洗いだのと、それぞれ一度は席を外していました。そうやって隙を見計らって、向こうのドアからこっそり盗聴器を回収したのだとしたら……」

「井神君！」

「しかし、瀬良さんが情報源を明らかにしないのは、不正な手段でそれを手に入れたからではないでしょうか」

小坂が言葉に詰まった。

理奈の耳元に、今一度、瀬良の声が甦る。

『お前が気にすることはなにも無い』

その声に、珊慈が静かに頷くさまが、まざまざと理奈の脳裏に浮かび上がってくる――。

翌日、いつもどおりにプロジェクト室に出勤した理奈を、空っぽの珊慈の席が出迎えた。

第八章　勇気のありか

「高嶋さんは、元の部署へ戻ったらしいよ」

お昼休み、小坂からその知らせを耳打ちされた理奈は、思わず椅子を蹴って立ち上がっていた。

「え？　それって、一体、どういうことなんですか……？」

「よく解らない。一時的なのか、恒久的なのか、とにかくプロジェクトから外れるらしい。とはいえ、瀬良さんも今日はお忙しいようで、あまり詳しい話を聞けなかったんだけど」

理奈は、唇を嚙むと、そっと席に座りなおした。

昨日、珊慈と一緒に大里造船にいた時から嫌な予感はしていたのだ。瀬良のあの台詞に始まり、珊慈の険しい表情、消えたキャンディ缶。そして、井神が立てた不穏な仮説。

理奈は、右後方にある瀬良の机を振り返った。

瀬良も、今日は朝からまだ一度もプロジェクト室に姿を見せていない。

一体なにが起こっているのか、どうすればいいのか。なにをすべきか、なにができるのか。そこまで考えて理奈は唇を引き結んだ。

――今、自分にできること。

深呼吸とともにきつく両目をつむり、雑念を頭から振り払う。そうして理奈は眼前の仕事へと意識を切り換えた。

午後五時の時報が、軽快に鳴り響く。

大きな溜め息をついてディスプレイから目を上げた理奈は、ふと、視界の端にひらひら動くものを認めて顔をそちらへ向けた。

透明なパーティションの向こうで、珊慈の先輩の穂積が手を振っていた。

私？　と、理奈が自分を指差してみせれば、穂積が、ぶんぶんと大きく首を縦に振る。

――穂積さんなら、高嶋君の状況を知っているかも……！

理奈は、慌てて部屋を出た。

穂積に誘《いざな》われるがままに、プロジェクト室からは死角となっている、階段の陰に入る。

「高嶋のこと、なにか聞いてる？」

心配そうな穂積の表情を見るなり、それまでがちがちに固まっていた理奈の心が、一気に緩んだ。

「あ、あの、高嶋君、プロジェクトを外れるって、本当ですかっ？」

「か、川村さん、落ち着いて」

我に返った理奈は、自分が穂積に摑みかからんばかりに詰め寄っていることに気がついた。大慌てで「すみません」と身を引く。

「いやまあ、いきなりチームから抜けるとか言われたら、びっくりするよね、普通。そんなに畏《かしこ》まらないで」

　小さく身を縮こまらせる理奈に苦笑を投げかけて、それから穂積は静かに語り始めた。

「僕も、なにがあったのか詳しく知っているわけじゃないんだけどさ。課長――あ、瀬良さんのことね――が言うには、今朝早くに高嶋の奴が、プロジェクトから外してくれ、って頼んできたらしいんだ。そんなすぐに調整なんてできないから、とりあえず今日のところは自宅待機させてるそうなんだけど……」

　そこで一度息をついたのち、穂積はそっと眉を寄せた。

「ね、川村さん、奴からなにか聞いてない？」

「いえ、なにも……」

　理奈が力無く首を横に振れば、穂積の口からまたも息が漏れる。

「いやさ、瀬良さんに、高嶋を慰留するよう頼まれちゃってね。電話かけてみたんだけど、『もうあの部屋には居られない』とかほざいた挙げ句に、あいつ、スマホの電源切りやがって、で、奴を説得するなら、僕より川村さんのほうが適任かな、と思って、やってきたんだよ」

「適任だなんて、そんなこと、ないです」

　再度ゆるゆると首を振り、理奈は足元に視線を落とした。

　ただ同じ高校に通っていただけ。ただ同じ業種の会社に就職して、たまたま同じプロジェクトに配属されただけ。ただそれだけの間柄である自分に、一体なにができるというのだろうか。

沈黙が一呼吸ごとにその嵩《かさ》を増してゆく。

唇を噛んで俯く理奈に、ふいと、穂積が事も無げな口調で話しかけてきた。

「前に、一度だけ酔いつぶれた高嶋の世話したことがある、って話をしたでしょ」

理奈は、怪訝に思って顔を上げた。穂積が何故、今、そのことを話題にのぼしたのか、わけがさっぱりわからなかったからだ。

穂積は、まぁお聞きなさいな、と言わんばかりに、心持ち得意げに笑みを浮かべた。

「あいつ、空気読むの上手いし、気配りもすごいし、なにかと慎重派で、でもって頭もイイし努力家でもあるから、そつのない人生送ってるけど、それなりに黒歴史を抱えてるみたいでね」

「他人に知られたくない恥ずかしい話なんて、誰にでもあるものじゃないですか？」

人間だもの。と言外に呟いて、理奈は小首をかしげた。ますますもって穂積の話の行く先がわからない。

穂積は、ちょっと困ったような表情で肩をすくめた。

「別に、僕だって、他人のそういう話を無理矢理聞き出す趣味なんて持ってないんだけど、まるで告解《こっかい》かなにかみたいにあいつのほうから語ってきたんだよね」

告解、と口の中で復唱した途端、理奈の脳裏に先月の飲み会での出来事がまざまざと甦った。料理屋の坪庭で、愚痴とも懺悔《ざんげ》ともつかないことを口にした、珊慈の姿が甦った。

まさかね、と思いつつ、理奈は黙って話の続きを待つ。

「高嶋さ、高校の時に、とある人物とふたりで、学校で、大したことないと言えば大したことないんだけど、ちょっとばかり褒められないようなことをやらかした、らしいんだよね。……本人の言を信じれば、相手の主導で自分は乗っかっただけ、ってことらしいけど」

どこかで聞いたことのあるニュアンスの話に、「まさかね」が「やっぱり」に取って代わってゆく。理奈は「先入観を持つのはよくない」と必死で自分に言い聞かせた。

それを横目に、穂積はすまし顔で話し続ける。

「で、それを、同級生に見られてしまったっぽい、と」

「ぽい？」

「高嶋は気づかなかったんだけれど、お相手が気づいたらしいよ。『今、誰かが見てた！』って、大騒ぎだったらしい」

事ここに至って、理奈は心の底からあきれ声を漏らした。

「そんなの、見られて困る場所で、見られて困るようなことをするほうが悪いんじゃないですか」

「まったくもってそのとおり。高嶋も、『見られて困る場所なのを解っていて、どうして見られて困るようなことをしたんだ、そこはきちんと諫《いさ》めるべきだろう』って怒られたってさ。お相手に」

「は？」

穂積の言葉の意味が一瞬理解できなくて、理奈は思うさま眉間に皺を刻んだ。

「えっと、ちょっと待ってください、話がおかしくないですか？　お相手が怒った、って、そもそもは向こうから言ってきたんですよね？」

「らしいよ。高嶋に散々愚痴られた。酷くないですか？　って。『ちょっと言ってみたかっただけなのに、本気にするなんて信じられない、普通はやめておくでしょう』とか、そんなのわかりっこないですよね！　って」

「はあ？」

理奈の眉間の皺が、更に深さを増した。

ひょい、と肩をすくめて、穂積が言葉を継ぐ。

「で、それがきっかけでふたりは別れた、って」

「えええええ？　別れた、って、私のせいなんですか？」

反射的にそう言ってから、理奈は「あ」と気づいて両手で口を押さえた。

だが、時既に遅し。穂積は、これ以上はないというほど楽しそうにニヤニヤ笑っている。

「やっぱり、川村さんが〝勇者〟だったんだ」

「え？　ゆうしゃ？　なんですかそれ」

「追い追い説明するよ。僕ね、このところの高嶋のケツのまくりっぷりに、ちょっと頭にキてるんだよね。これぐらい情報リークしても全然オッケーでしょ」

軽い口調とは裏腹に、穂積は鋭い瞳で口角を上げる。

穂積への同意半分、珊慈への同情半分で、理奈はおずおずと頷いた。

「で、さ。あいつね、どうやら大学ん時に、告白されて、フラれて、を繰り返していたらしくってね」

「フラれて？　高嶋君が？」

理奈が驚きから目をしばたたかせれば、穂積から苦笑が返ってきた。

「ほら、あいつ、見た目のわりに中身が地味だから。基本が受け身だし、慎重すぎるし。『思ってたのと違う』とか『なに考えてるのかわからない』とか言われたらしいけど、まあ、要するに、相性って大事、ってことかな……」

言われてみれば、理奈も〝夕焼け彼女〟に対して、大人しい、文学少女系のイメージを抱いていた。対して、「付き合って！」だの「キスして！」だのぐいぐい迫ってくるタイプの女性は、確かに珊慈とは相性が悪かろう。

「冗談でだろうけど友人に『お祓《はら》いに行ってこい』って言われたこともあったらしくて、で、僕の部屋に来た時に、開口一番、『俺、呪われてるんですよ』だよ」

「呪い!?」

オマエは呪う立場ではなかったのか、大魔王ではなかったのか。あまりのことに理奈はまばたきすら忘れて、穂積の話に耳を傾ける。

「詳しく聞き出せば、さっきの黒歴史の話だろ。キスを目撃した奴ってのが『いつも一生懸命で、真っ直ぐで、ちょっとどんくさいけれど、失敗してもめげない、正義感溢れる奴』で、それからずっと自分は、告白されてはフラれる人生が続いている、これはきっと彼女の呪いだ、って言うんだよ」

「一生懸命」も「真っ直ぐ」も、理奈にとって身に余る賛辞だが、どうしてそこで「どんくさい」が入ってくるのか。その単語はどうしても外せないのか。素直に照れることができずに、理奈は真一文字に唇を引き結ぶ。

「〝呪い〟なんてのは魔王とか悪い奴の専売特許だろ、そんな勇者ポジションの奴が呪うってのはおかしいんじゃないか、って僕が言ったら、『じゃあ罰《ばち》ですか』って、そうじゃないだろう。そうじゃないって。ああもう、あいつ、本っ当は馬鹿なんじゃないかな……」

そこまで言い切って、穂積は、はあっ、と大きな溜め息を吐き出した。吐き出してから、

「ヘタレすぎるだろう……」と、更に付け加える。

理奈がなんとも言えずにいると、しばらくしてようやく気を取り直した穂積が、にやりと口の端を上げて視線を合わせてきた。

「それにしても、さっきの川村さんの台詞には参ったね。ご馳走様」

「え？　なにがですか？」

意味がわからず理奈が問い返すなり、穂積が悪戯っぽい表情で、内緒話をするように口元に手を添えた。

「『フラれて？』って、あれだろ？　『あのステキな高嶋君がフラれるだなんて信じられない！』ってやつ」

理奈の頬から耳の端までが、一気に熱くなった。

「え、あ、いやいや、その、あの」

「あ、まあ、『何度もフラれるだなんて、もしかして私の知らない彼の本性が？』ってパターンも考えられるか」

「そっちでお願いします」

「ホントに食いついてくるかね……」

まったく君らはどうしてそうなの、と穂積が天を仰いで嘆く。

理奈はわたわたと両手をばたつかせながら、なんとか反論を試みた。

「でもですよ、そもそも呪いだの罰だの言っているということは、そのきっかけの件に関して、彼に罪悪感がある証拠ですよね。もしかしたら高嶋君に問題があったのかもしれないじゃないですか。一方の発言だけを鵜呑《うの》みにするのは悪手ですよ。だいたい、お相手の反応がすっごく不自然だし」

「あいつの話を聞いた限りでは、なるほどな、って感じだったけどね。てか、相手の子が誰かは知ってるの？　なんでも、学祭で『ミスほにゃらら』に選ばれた子だったらしいけど……」

「あー……」

　例年、女装や着ぐるみが選ばれる、半ばジョークイベントと化したミスコンで、在学中に一度だけ本当に可愛い女子生徒が選ばれたことがあったのを、理奈は思い出した。バレー部の組織票を非難する声もあったが、アイドル顔負けなキラッキラの笑顔と自信と度胸には、理奈もいたく感心したものだった。そして、確かに彼女が相手ならば、珊慈の言うようなことも充分にありえるような気がした……。

「ま、誰が悪いとか悪くないとか、そういうのは置いといて、確かに高嶋には罪悪感があった――いや、ある――んだと思うよ」

　思わせぶりな笑みを浮かべて、穂積がスッと理奈を指差した。

「まァ、そんなわけで、高嶋に活を入れるなら川村さんが一番でしょ、ってわけ。頼んだよ、勇者サマ」


　下のフロアに帰ってゆく穂積を見送った理奈は、手早く帰り支度をした。お先に失礼します、と皆に告げ、会社を出る。

　駅のホームは定時帰りの勤め人や学生で一杯だった。ビルの隙間をぬって吹きつける寒風に、制服姿の高校生達が口々に文句を言っている。むず痒《がゆ》い懐かしさを胸に抱きながら、理奈は電車待ちの列の最後尾に並んだ。スマホの地図アプリを立ち上げ、穂積から教わった珊慈の住所を入力する。

　ふと、地図をスクロールする指を止め、理奈は視線を上げた。

見た者と見られた者、ふたりともが互いに呪いをかけられたと思っていたなんて。出来の悪いジョークみたいだ、と理奈は溜め息をついた。

呪いだなんて言ってはいたが、理奈も科学の徒の端くれだ。本気で信じているわけではない。とはいえ、科学で現在証明されていないものを全否定する気はまったくないし、縁起が悪いとされているものよりもよいと謂われているものが好きだ。テレビの占いでラッキーアイテムを紹介されたらやっぱり気になってしまうし、神社にお参りしたらおみくじだって引かずにはいられない。そんな調子で、恋や憧れが破れるたびに〝呪い〟を慰めにしていたのは間違いない。

きっと、珊慈も理奈と似たようなものなのだろう。そう思いつつも……何故か、なにかが、もやもやするのだ。

キスを目撃したのが理奈だということに珊慈がどうやって気づいたかはわからない。だが、理奈は以前から友人達に「考えたことが全部顔に出る」だの「わかりやすすぎる」と評されることが多かった。しかも、珊慈は空気を読むこと——他人の仕草や表情からその心情を読み取ること——に長《た》けた〝天然紳士〟である。

——そういえば、高嶋君、私の〝やらかし〟をやたら詳しく知っていたっけ……！

あれだけの観察眼だ、おそらく珊慈は早々に理奈が目撃者であることに気がついていたに違いない。となると、先日の坪庭での出来事を鑑みても、三年の合宿の時に彼が理奈に告げようとしたのは、夕焼けキスについてのことだったんだろう。だが、それならばなおのこと、あの時彼はどうして途中で言葉を止めてしまったのか。八年経った今でも、酔いの勢いが手伝ったとはいえ、ああやって吐き出さずにはいられないほど〝呪い〟を気にしているというのに。

大学時代のエピソードについても、理奈はもやもやして仕方がなかった。

先刻の穂積の台詞を、理奈は今一度反芻する。

『告白されて、フラれて、を繰り返していたらしくって』

そう、そこに珊瑚の能動的な行動は一切含まれていなかった。

彼は、自分から告白するようなことはなかったのだろうか。

あの慧眼《けいがん》をもってすれば、告白してきた相手がどういう人間か多少とも見当がついただろうに、断るという選択肢はなかったのだろうか……。

そこまで考えて、理奈の思考にひとつの可能性が降ってきた。空気を読むのが上手な珊瑚のことだ、相手のことを必要以上に気遣ってのことだったかもしれない、と。

理奈は、早速「もしも珊瑚が合宿の時に夕焼けキスのことを話してくれていたら、自分はどう思ったか」をシミュレートしてみた。あの当時の記憶を、できるだけ丁寧に掘り起こしながら。

——うん、たぶん、私が原因で高嶋君達が別れた、って、すごく罪悪感を持ったんじゃないかな……。

ということは、もしかしたら今回のことも。理奈は唇をきつく引き結んだ。

アナウンスとともに電車がホームに滑り込んできた。

最寄りの駅で電車を降り、地図アプリに誘導された先は、少し山の手に建つ五階建てのマンションだった。煉瓦《れんが》調タイルで覆われた小洒落た外観をしているが、築年数はそこそこあるようで、エントランスはオートロック式ではなく、理奈はおずおずと建物に足を踏み入れる。

エレベータの向かいにある階段をのぼり、二階へ。二〇二号と記されたプレートの横は空欄のままだった。理奈はもう一度穂積がくれたメモを確認し、ゆっくりと深呼吸をした。

インターホンに触れてなお躊躇う指先を、胸の奥のもやもやが後押しする。

チャイムが鳴る音が聞こえて一呼吸、スピーカーから怪訝そうな声が「はい」と応答した。

「あ、かうぁ、川村です」

噛んでしまった、と理奈が慌てる間もなく、奥から微かにガタンバタンとなにかをひっくり返したような音が聞こえてきた。どたどたと急いたような足音が近づいてきて、ガチャリと鍵があく。

「なんで、ここに……」

デニムにセーターというラフな服装の珊慈が、驚きの表情で立っていた。

理奈と珊慈は、マンションの前の自販機でそれぞれホットココアとホットコーヒーを買い、裏にある小さな公園に入った。

時刻は十八時を回り、宵闇にひたされた遊歩道には人っ子一人見当たらない。東屋《あずまや》の傍にぽつんと立つ街灯が、静かに遊具の影を浮かび上がらせている。幸いなことに風は無く、ふたりは白い息をまといながらベンチに並んで腰をかけた。

「プロジェクトから外れるって、本当？」

素手で持つには若干熱い缶を、両手で交互に持ち替えつつ、理奈はなんでもないふうに口を開いた。

珊慈は、ただ無言で、缶コーヒーを握りしめている。

「どうして？」

珊慈はなにも応えない。

大きく息を吸い、腹に力を込めて、理奈は珊慈に顔を向けた。

「プロジェクトから外れるの、それ、本当に高嶋君自身の意志？」

じっと足元を見つめている珊慈の、眼差しが僅かに揺れた気がした。

「だって、高嶋君、あんなに一生懸命仕事に打ち込んでたじゃない。寺西さんのところに頼んだ供試体、出来上がるの楽しみにしてたじゃない」

思わず両手で缶を握るも、手のひらに伝わる熱さに負けて理奈は慌てて持ち方を変える。

さっきから微動だにしない珊慈の横顔をじっと見つめて、それから理奈は、一言一言を噛み締めるように話しかけた。

「高嶋君ひとりが全部背負い込まなくていいと思う」

珊瑚が、ぎくしゃくとした動きで理奈を見た。

「誰かのために自分の気持ちを無理矢理押し殺して、言いたいことがあってもなにも言わずに溜め込んで……。それじゃあまりにも、寂しいよ……」

理奈が話し終えても、珊瑚は身動きひとつしなかった。じっと理奈に見入ったまま、そっと唇を噛み締める。

「別に、誰かのためを思ってのことじゃない」

掠れた声を吐き出して、珊瑚はついと目を伏せた。

「確かに、俺は、思ったことをあまり表に出さないほうだと思うけど、別にそれは、他人を思い遣ってのことじゃない。俺が、俺自身が、他人から余計な反感を買いたくないからなんだよ」

どこか遠くから、車のクラクションの音が聞こえてくる。

なんと返せばよいのかわからなくて、理奈は息を詰めて珊瑚を見た。缶を手に俯く珊瑚を見つめた。

「俺さ、失敗するのが怖いんだ」

珊瑚が、訥々と、含むように、話し始めた。

「だから、子供の頃から、失敗しないように頑張ってきた。自分で言うのもなんだけど、勉強も、その他のことも、できる限りの努力をした」

缶を握る指に、こぶしに、力が込められる。

「でも、それでもどうしても手の届かないことはある。自然が相手だとか、他人が相手だとか、不確定要素が関わってきたらアクシデントの確率も増える。さぁどうするこれは難しいぞ、ってなったらね、俺は……諦めるんだよ」

ふ、と溜め息を白く吐き出して、珊慈が理奈を見た。理奈を見て薄く笑った。

「失敗するぐらいならば、最初から手を出さない。俺はそうやって今まで生きてきた」

理奈は知らず息を呑んだ。この告白が、恐らくは彼が初めて他人に明かしたものであろう、と、悟ったからだ。

理奈の心を読んだかのように、珊慈が静かに頷いた。

「スパイククローラーの時に、川村さん、言ったよね。失敗にも意味がある、って。失敗したというデータを次の機会に生かすことができる、ということはよく解る。失敗は成功の母という言葉があるのも知ってる。チャレンジというものが、リスクとベネフィットを天秤《てんびん》にかけて行われるものということも理解している。でも、駄目なんだ。俺は、実際に失敗した時に、『仕方がない』と割り切ることができるほど強くない」

理奈は、あの時自分が「失敗を恐れてたらなにもできない」と言った時の、珊慈の表情を思い出した。吐き捨てるようにして話を打ち切る、刃のような珊慈の声も。

バラバラに散らばっていたパズルのピースが、今、この瞬間、みるみる綺麗に組み上がっていく、そんな気がした。

「プロジェクト参加の打診を受けた時、最初は他の人に譲ろうかと思ったんだ。少人数のチームとなると、きっと自分にかかる責任も重くなる。しかも俺はまだ二年目で経験も浅くて、絶対なにか失敗するに決まってる」

珊瑚は小さく息をつくと、視線を落とした。

「とにかく一度、目を通すだけ通してくれ、と瀬良さんに書類一式を押しつけられて、大里造船さんの名簿に川村さんの名前を見つけて、その時にハッと気がついたんだ。これでいいのだろうか、って。俺は、ただ、自分に言い訳して逃げているだけなんじゃないか、って」

ここで自分の名前が飛び出したことに、理奈は心底驚いていた。なにか言わなきゃ、と慌てるも、照れ臭さのあまり考えがまとまらない。仕方なく理奈は、思いついたことを思いつくままに口にのぼした。およそ慎重派とは正反対だよなあ、と自分でもあきれながら。

「ええと、あの、高嶋君ぐらいのスペックがあったら、ていうか、今までそれだけ沢山努力してきたんだから、逃げてる、なんて気にしなくていいんじゃないかな。それに比べたら私なんて、常に逃走中だよ、人生逃げっぱなしだよ……」

「逃げっぱなし、って」

珊瑚が、くすりと笑った。それから、静かに深呼吸をした。

街灯の光が、一際明るく彼の瞳に映り込んだ。

「やっぱり、俺、プロジェクトを抜けたくない。川村さんと、皆と、一緒に最後までやり抜きたい」

力の籠もった珊慈の声に、理奈もまた力強く何度も頷いた。

ほのぬくい飲み口に唇をつければ、ココアの甘い香りが慎ましい湯気とともに鼻先をくすぐった。少しさめてしまったけれども、冷えた身体とすきっ腹にとってはこれ以上ない御馳走だ。喉に、身体に、温かさがじんわりとしみていくのを、理奈は心ゆくまで堪能する。

理奈の隣では、珊慈も同じようにコーヒーをすすっていた。缶をずっと握りしめていたからだろうか、こちらは幾分まだ熱いようで、彼が息をつくたびに白い湯気が辺りを舞った。

「瀬良さんが今回の設計不備を指摘したと聞いて、どこからこのことを知ったんだろう、と疑問に思っていたんだ。あの時、大里造船の設計室で、ついさっきまであったはずのキャンディ缶が消えているのを見て、で、川村さんもそのことに驚いているのを見て、閃いた。あれに盗聴器の類が仕込まれていたのではないか、って」

湯気の隙間から、言葉がぽつりぽつりと落とされる。夜の空気と混じり合ったそれは、足元の闇の中へと静かに潜ってゆく。

「帰り道、田口さんの荷物が増えているのを見て、俺は確信した。自分がいいように利用されたということを。川村さんに、いや、大里造船の皆さんに合わせる顔が無い、と思った。そして、これ以上裏切りの片棒をかつがされるのは嫌だと思った……」

言い切った、とばかりに珊慈が大きく息をついた。それから彼は、勢いよく缶を呷った。

コーヒーの苦い薫りが、ほんのひととき辺りを漂った。

「話してくれてありがとう」

理奈は、心からのお礼を込めて、珊慈を見上げた。

「私、もう少しで、高嶋君が全部知ってて瀬良さんを手伝ってたんだと誤解するところだった……」と、そこで、ゆるゆると首を横に振る。「いいや、誤解してた。勝手に誤解して、裏切られたような気持ちになってた」

腹の底に気合いを込めて、「だから、黙って逃げたら駄目なんだってば」と、敢えて強気で噛みついてみたら、珊慈が弱々しく、だがニヤリと笑う。

「全て計画通り、って言ったら？」

「へ？」

「あの時、川村さんも盗聴器に思い当たったんだな、って気がついて、俺は思ったんだ。まんまと利用された間抜けな自分を川村さんに知られるぐらいなら、いっそ悪者になったほうがマシだ、って」

切々と吐き出された低い声が、しばし沈黙を作り出す。

「馬鹿だろ？」

皮肉ありげな口元とは裏腹に、珊慈の瞳の奥底に怯えにも似た色が見えた気がして、理奈は、刹那口をつぐんだ。そうして、少し大袈裟に深呼吸をひとつ。

「悪者、って、まさか、ここで大魔王自らネタを回収してくれるとは思わなかった」

「へ？　大魔王？」

目を丸くする珊慈に、理奈は、思わせぶりに「そう、大魔王」とだけ答えて、満面の笑みを浮かべた。


そろそろ温かい飲み物の魔法も解ける頃。夕飯まだなんでしょ、食べに行かない？　と珊慈が腰を浮かせたその時、理奈は、肝心も肝心な点を聞き忘れていたことに気がついた。

「ちょっと待って。瀬良さんが盗聴器を仕掛けた、って、確認したの？」

「あ、いや……」

途端に珊慈の歯切れが悪くなった。

「田口さんがキャンディ缶回収したのも、確かなわけ？」

「……いや、でも……」

「確認せずに、プロジェクトを抜けるとか言ったの？」

思わずあきれ顔になる理奈に対し、珊慈が心持ちムッとした表情を浮かべる。

「確かに、瀬良さんが設計室をうろうろしている間、田口さんがなにしてたかなんて見てなかったけど、でも、現に、帰る時になって、缶は消えているし、荷物は増えているし、わざわざ訊く必要なんか……」

そこまで早口でまくしたてたところで、珊慈は言葉を詰まらせた。そっと口をつぐみ、歯を食いしばって、今度は一言一言ゆっくりと吐き出していく。

「いいや、逃げたんだ。どうすればいいのかわからなくて、とにかく、俺は、逃げたんだ……」

空き缶を持つ左手の甲に、くっきりと骨の形が浮かび上がっている。力が込められるあまり血の気を失った指の関節が、痛々しい。

理奈は、自分も立ち上がると、真正面から珊慈に告げた。

「よし、私が直接訊きに行く」

「ええっ？」

心底驚いたとばかりに素っ頓狂な声を上げる珊慈に向かって、理奈はにっこりと笑ってみせた。

「私だったら、社外の人間だから、瀬良さんの不興を買ってもなんとでもなるよ」

「いや、だって」

「本当に瀬良さんの仕業だったとして、瀬良さんも、このプロジェクトを成功させるためにやったことなんだと思うし」

「それでも、盗聴なんて……」

足元に視線を落として、珊慈が苦悶《くもん》の声を漏らす。

理奈は、殊更に明るい声を出した。

「大里側が隠し事をしようとしたのは事実なんだから、そういう意味では、瀬良さんは慧眼を持ってたって言えるかも」

実際のところ、今回の出来事における根本的な問題は、間違いなく大里造船の側にあったのだ。機密漏洩だのなんだのと、ややこしいことになってしまってはいるが、そこはきっちりと認識しておかなければならないだろう。

理奈は、大きく息を吸った。

「今後しこりを残さないためにも、この際、情報の出どころをはっきりさせてもらったほうがいいと思うの」

きっぱりと言いきった理奈の目の前、珊慈が、思い詰めたような眼差しで顔を上げた。

「俺も行く」

「え？」

「これは、俺の問題だ。本当なら、俺がひとりでなんとかするべきなんだ。だけど、正直、今でもまた諦めて——いや、逃げ出して——しまいたくなる自分がいるのは確かで……」

ひとまたたき視線を逸らし、それから珊慈は再び理奈と正面から目を合わせ、ゆっくりと、力強く、頷いた。

「だから、川村さん。俺にちからを、勇気を貸してほしい」

これまでにない強い光が、珊慈の瞳に宿っている。

理奈はすっかり嬉しくなって、「お安い御用」と満面の笑みを浮かべた。

第九章 対決

ひとけの絶えた深夜のプロジェクト室。

整然と机の並ぶエリアの奥、ミーティングスペースの机の脇に、理奈と珊慈は佇んでいた。

普段なら各机上に置かれたパソコンの駆動音で溢れているこの部屋も、皆が帰ってしまった今は静寂に包まれている。部屋の隅のコーヒーサーバーが、時折微かに震えては、物寂しいモーター音を辺りにふりまいていた。

やがて、パーティションの向こうから、軽やかな電子音が微かに聞こえてきた。エレベータが階に到着した音だ。

エレベータの扉が開き、照明を落とした薄暗いホールに明かりが差す。フロアに降り立った人影は、いつもと同様、躊躇う素振りも見せずにプロジェクト室の扉をあけた。

「こんな夜遅くにこんなところに呼び出して、なんの用だ」

大里造船、特殊装備開発課、課長補佐の井神が、苛立たしげな表情で理奈達の前に立った。

唇を横一文字に引き結び、井神を睨みつける理奈の横で、珊慈が一歩前に出た。

「先日の、大里造船さんの設計不備についての情報漏洩は、あなたの仕業ですね」

凛とした声が、静寂に吸い込まれていく。

井神は珊慈のほうへ向き直ると、一言、「なんのことだ」と言って鼻を鳴らした。

眼鏡のレンズを真っ直ぐ突き通す、井神の鋭い視線をものともせずに、珊慈は傍らの机の上から一枚の紙を取りあげた。


『高嶋君へ。

ごめんなさい。今、私達はあなた達に隠していることがあります。会社の都合で、山本重工の皆さんには内緒にしておくように言われていることがあります。

でも、私は、これ以上黙っていることに耐えられません。

私は、あなたの役に立ちたい。あなたが困るところなんて見たくない。

大里造船のデータの一部に、設計不備がありました。マニピュレータと船殻の接合部です。

この情報を、あなただけに特別に教えます。どうか有効に使ってほしい。

川村理奈より』

「この手紙が、瀬良さんの机と隣の棚の隙間に落ちているのを見つけました。あなたは、この手紙を机の上の他の書類に紛れ込ませて、瀬良さんに読ませようとしたんじゃないですか？」

ありふれたコピー用紙にプリントアウトされたその紙を、珊慈は井神の鼻先へ突き出して、高らかに言い放つ。

「この手紙を打ったのは、井神さん、あなたですね。大里造船の設計室から、キャンディ缶を盗ったのも」

静まりかえる室内、井神の表情はピクリとも動かない。

一拍おいて、あからさまな嘲りの色が、井神の口元に浮かんだ。

「突然なにを言い出すのかと思えば、探偵ゴッコかい」

盛大に鼻で嗤《わら》ってから、井神は左手中指で眼鏡の位置を直した。

「どういう理由で、その手紙を私が書いたと断じるのだね。署名どおりに川村が書いたと考えるのが筋ではないか？」

「私は、こんなの書いたことありません」

理奈がきっぱりと否定するも、井神の薄ら笑いは、やむ気配が無い。

「口ではどうとでも言えるが、な。君がこの手紙を書いていない、という証拠はなにも無いだろう？　それで、どうやって他人を納得させると言うんだ？」

「私は信じますけどね。彼女の言うことを」

珊慈の即答を聞き、井神の表情が微かにこわばった。

「だって、彼女がこの手紙を書かなきゃならない理由が、どこにも無い」

「それは、少しでも君に対する自分の心象をよくしようと」

「ならば、余計に、こんなことをする必要なんて無い」

手紙を傍らの机に置きながら、珊慈が言いきった。

面食らった表情を浮かべた井神が、ややあって、露骨な嘲笑とともに吐き捨てる。

「ふん、既にたらしこまれ済みということか」

「失礼な。私の目は、あなたとは違って節穴ではない、というだけのことです」

ほんの一瞬こぶしを震わせて、だが珊慈は冷静に告発を続けた。

「この手紙を用意することができて、なおかつ、あの日キャンディ缶が消えた時、あの場に居合わせ缶を隠すことができたのは、あなただけです」

瀬良達に同行していた出向組は、小坂、井神、理奈の三名だけだった。そして、瀬良を案内していた小坂には、キャンディ缶を盗るチャンスが無かったのだ。

息を継ぐ珊慈の代わりに、今度は理奈が口を開く。

「あの時、設計室にいた全員が、瀬良さんを注視していました。井神さんはその隙にキャンディ缶を盗ったんじゃないですか？　おやつ机があるのは、会議室の反対側ですし、廊下を使えば、おやつ机には簡単に近づけますし」

井神からは、なんの反応も返ってこない。

理奈は珊慈に目配せをすると、話題を変えた。より核心に近いほうへ。

「井神さんは、瀬良さんの情報源がなにか、かなりこだわっていましたよね」

口火を切った理奈のあとを、珊慈が引き取る。

「おそらくあなたは、瀬良さんがこの手紙を読めば、大里造船さんの設計不備の件とともに、この手紙そのものに関してもなにかアクションを起こすと思っていた。さっきあなたは言っていましたよね、『君がこの手紙を書いていないという証拠はなにも無い』と。たとえ川村さんが手紙のことを否定しようと、あなたは、その論調で川村さんを貶《おとし》めるつもりだった。可能性がゼロではない限り、皆の心に川村さんに対する不信感を植えつけることができる。他社の男に媚《こ》びを売って、自分の会社を裏切るような女、かもしれない、と」

今度こそはっきりと、握りしめられた珊慈のこぶしが震えた。

大きく深呼吸をして、珊慈は言葉を継いだ。

「だが、瀬良さんは、情報源についてなにも話さなかった。痺れをきらしたあなたは、有りもしない盗聴器の話をでっち上げた。ならば、瀬良さんが自身の疑いを晴らすために、手紙のことを公表するだろう、と、そう考えたんじゃないですか？」

珊慈の問いかけを、井神は「つまらん」と一蹴した。

「証拠も無いのに勝手に物語を作らないでほしいな。それならば、私も、君達がグルになって私を陥れようとしている、と言おうじゃないか。こちらの説のほうが、君達の妄言よりもずっとシンプルだ」

「そこまで仰るのでしたら、指紋を照合させていただきましょうか」

「私が犯人ならば、手紙とやらを用意する時に、手袋をするだろうね」

井神が、得意げに言い返す。

と、しばらく聞き手にまわっていた理奈が、負けじと得意げに口を挟んだ。

「指紋を調べるのは、手紙じゃないですよ」

井神の眉間に、微かに皺が寄る。

「キャンディ缶を取るには、他のお菓子をどかせる必要があったでしょう？　流石にあの場面で手袋をするのは無理がありますもんね。それにキャンディ缶の一件は、もしかしたらアドリブだったんじゃないか、って思うんです。それならなおのこと、手袋を用意するなんてできませんよね」

ここで初めて、井神の面《おもて》に動揺が走った。

「井神さんは、普段あそこのお菓子を食べていないですよね。ましてや、現在は山本重工さんに出向中。もしもこれで、あそこのお菓子に井神さんの指紋がついてたら……」

理奈の言葉が終わりきらないうちに、井神の様子に変化が生じた。口元を歪ませ、こめかみに筋を浮かび上がらせながら、音が聞こえそうなほど歯を嚙み締めている……。

やがて、井神は唐突に肩の力を抜くと、口元に冷笑を刻んだ。

「なるほど、これが、世界規模の大企業の実力、か。まさか、この手紙を見ることなく、自力で設計不備の情報に辿り着かれたとはね。プロマネをなさるだけのことはある」

再び元どおりの余裕を取り戻して、井神が胸を張る。

「やはり、あなたがこの手紙を……」

珊慈の問いには答えず、井神は冷ややかな眼差しを理奈に投げた。腹立たしさを隠そうともせずに、低い声で言い放つ。

「不安の芽は早いうちに摘み取っておくべきなんだ」

言葉の意味がわからず、理奈は、ただ眉をひそめて、井神の視線を受け止める。

井神の口角が、吊り上がった。

「わいわいキャッキャと浮ついた気持ちで仕事をされても困るんだ。どうせ、あの派遣達のように、結婚相手を見つけに会社に来ているんだろう？　なのに、正規に就職したというだけで、こうやって重要な仕事に用いられる」

井神の嗤笑《ししょう》を正面から浴びせかけられながらも、不思議と理奈の心は冷静だった。彼の語る理奈像が、あまりにも理奈自身の認識からかけ離れていたからだろう。

――前に小坂さんが言っていた、私がプロジェクトに加わるのを反対した人間とは、きっと井神さんのことだな。

どこか他人事のように、理奈は胸の中で呟いた。山本重工側との初顔合わせの日に、理奈の分の資料が無かったと言っていたのも、もしかしたら彼の嘘だったのかもしれない、とも。

理奈がそんなことをつらつらと考えていると、すぐ隣から、まるで地の底から響いてくるかのような低い声が聞こえてきた。

「へえ。たいした持論だ。あなた、同じことを上司である小坂さんに言えますか？」

「彼女は違うよ」

すごみを増す珊慈の気配とは対照的に、井神は酷くあっさりと言葉を返した。そうして、どこか遠くを望む眼差しを、虚空に投げる。

「彼女は、覚悟を持って仕事に臨んでいる。いわゆる女の幸せよりも、仕事を選んだんだ。川村とは違う」

あまりにも勝手な言いぐさに、さすがの理奈も怒りを禁じ得ない。

だが、同時に、えもいわれぬ違和感をも理奈は抱いていた。何故、井神は、小坂についてこんな風に断言できるのだろうか、と。

「だいたい、今回のような自社の問題に、他社に属する君を簡単に巻き込んだことをみても、川村はこの先、会社の命運を左右するようなもっと大事な局面で、不用意な行動をとるに違いない。だから、そうなる前に釘を刺したかったんだ」

「でも、そもそも最初に自社のことに他社を巻き込んだのは、井神さ……」

我慢できずに反論しかけた理奈を、きれいさっぱり無視して、井神はなおも珊慈に言い募る。

「君も君だ。女に頼られたからって、ほいほいと他社のことに首を突っ込むな。情けない」

その瞬間、理奈は怒りのあまり目の前が真っ白になった。

理奈は、井神と四年間同じ職場で顔を突き合わせてきた。新入社員の頃は勿論、今でも理奈は、往々にして井神に迷惑をかけたり、その手を煩わせたりしている。疎ましく思われるのも、腹を立てられるのも、ある意味仕方がないと言えるかもしれない。

――けれど、高嶋君は違う。井神さんにこんなふうに悪しざまに言われる筋合いなど、彼には一ミリも無い！

激昂するがままに、理奈は井神に食ってかかろうとした。

だが、それよりも早く、珊慈が理奈の前に出る。

「俺は、彼女が女だから庇ってるんじゃない。彼女が好きだからここにいるのでもない」

理奈は、驚いて珊慈を見上げた。今まで彼は、公の場では一人称に〝私〟を使っていたからだ。

「俺は、彼女を尊敬している。不器用だけど真っ直ぐに正しい道を進もうとする、彼女の生きざまを尊敬している。だから彼女の手助けをしたんだ。男か女かなんて関係なく」

珊慈の気迫に気圧されたか、井神が一歩あとずさった。

すかさず珊慈が、その距離を詰める。

「なにが浮ついた気持ちだ。なにが女の幸せだ。あんたは、四年も彼女と同じ職場にいるのに、彼女のことを全然見ていなかったのか！」

珊慈の声が、辺りの空気を打った。


壁の時計から、秒針が時を刻む音が幽かに聞こえてくる。

最初に行動を起こしたのは、井神だった。ゆっくり深呼吸をすると、姿勢を正し、眼鏡の位置を直す。そうして彼は、鷹揚な態度でにやりと口角を上げた。

「そうだ、思い出したよ。一昨日の帰りしなに、あの机の横を通った時にうっかり躓《つまず》いたのだ。その時に幾つかお菓子の袋に触ってしまったような気がする」

井神がなにを言い出したのか一瞬理解できずに、理奈も珊慈も一様に眉をひそめる。

その様子を楽しげに見つめたのち、井神は、軽く肩をすくめた。

「さあ、証拠が無くなってしまったな、どうする？」

この期に及んで、まだ抵抗を諦めない井神に、珊慈が半ばあきれ顔で問いかけた。

「今、ご自分で白状したじゃないですか」

「まさか。空耳だろう」

珊慈に続いて理奈も、思わずぽかんと口を開いて井神を見つめた。

「だいたい、証拠が無いだろう？　録音しようにも、この部屋のパソコンは今は全て電源が切られているし、携帯電話は勿論、余計な私物は持ち込み禁止だ。まあ、仮に君らが無断でレコーダーの類を忍ばせることができたとしても、見える範囲にマイクの類が存在しない以上は、この程度の大きさの人の声など大して拾えていないだろうしな」

喉の奥で笑いながら、井神は更に言葉を継いだ。

「それに、だ。私が話した内容を、よく思い返してみるがいい。仮に録音が成功していたところで、証拠になりうるような具体的なことを、私はなにも言っていないはずだよ。なにしろ、私はなにもやっていないのだからな」

事ここに至って、理奈と珊慈は呆然と井神を見つめることしかできなかった。

得意満面で、井神がとどめを刺しにかかる。

「これからは、相手と自分の力量を考えて、喧嘩をふっかけることだ」

勝利宣言とばかりに声を上げて笑う井神を見て、ふたりの呪縛が解けた。

視線を逸らし、ばつの悪そうな顔で珊慈が頭を掻く。

理奈も、これ見よがしに大きな溜め息をついてみせた。

ようやく違和感を覚えたのだろう、井神が笑いを収めて口をつぐんだ、その時、四人目の人物の声がプロジェクト室に響き渡った。

「井神君、君の欠点は、自ら思考を枠に嵌めてしまうことだな」

ミーティングスペースの奥、会議室の扉があいて、大里社長が姿を現した。

「川村君に対する人物評価ひとつとっても、君がいかにおのれの思い込みに縛られているかわかる」

井神の喉から、引きつるような短い悲鳴が漏れた。両の眉を跳ね上げ、目を限界まで見開き、あくあくと口元をわななかせながら、覚束ない足取りで壁際へとあとずさっていく。

理奈達のもとへ近づいてくる大里の背後には、小坂と瀬良の姿もあった。

小坂が、あきれ果てたと言わんばかりの顔で、静かに口を開く。

「録音や盗聴を気にする前に、誰かが立ち聞きしていないか、確認しないとね」

これからは相手と自分の力量をよく考えることだね。そう小坂に言い放たれ、井神は、茫然《ぼうぜん》自失の様相でがくりと床に膝をついた。

結局あのあと、理奈と珊慈は、瀬良に先に帰宅するよう言われ、素直にプロジェクト室をあとにした。

エレベーターホールで振り返ってみると、大里社長以下三人に囲まれ、うなだれて椅子に座っている井神の姿が見えた。別れ際に見た小坂の怒りのほどを思い出し、ほんの少しだけ理奈は井神に同情した。所詮、身から出た錆《さび》、ではあるのだが。

「この週末はゆっくり休め」との瀬良の言葉に甘えて、翌日翌々日をきっちり休んで出勤した月曜日、井神の姿は既に職場に無かった。他のメンバーには詳しいことは知らされていないようで、後輩の湯川は、「井神さんは会社を立ち上げるとかで、自主退職なさったそうですよ」と言っていた。それが真実なのか方便なのかは、理奈には確かめる気もなかったが。

＊　＊　＊

お昼休み、理奈は小坂に、内密の話がある、と会議室に呼び出された。

「今回の件については、ちょっと責任を感じているんだ」

席に着くなり、小坂が神妙な顔で理奈に頭を下げた。

小坂は、「単なる思い上がりや自惚《うぬぼ》れみたいなものかもしれないんだけど」と前置きをしてから、静かに話し始める。

「実は、川村さんが入社する少し前に、私、井神君に告白されたんだよね」

その瞬間、理奈の脳裏をいつぞやの湯川の台詞が稲妻のように走り抜けた。

『僕が入社する二、三年前、井神さんが小坂さんにフラれたらしい、って』

まさかあの噂とやらが、本当のことだったなんて。驚きのあまり、理奈は素っ頓狂な声を上げていた。

「マジですか⁉」

「そう。マジです」

淡々と語る小坂の様子からは、ロマンスの欠片どころか気配すら感じられなかった。やっぱり噂どおりなんだな、と思いつつも、理奈は小坂に確認する。

「断ったんですね」

「仕事に専念したいから、とね」

これ以上はない、というぐらいにきっぱりと小坂が頷いた。

「流石に、面と向かって『君では恋愛対象になりえない』と言わないだけの分別は、私にもあったよ」

なんと応えたらいいのかわからず、理奈はとりあえず曖昧に相槌を打つ。

小坂は苦笑を浮かべて、話を続けた。

「その時に、彼が言ったんだよ。『小坂さんは、恋愛よりも仕事を取るんですね』と」

その言葉を聞いて、理奈は思わず目をしばたたかせた。

「どうしてそこで二択になるんだろう……」

首をかしげる理奈に、小坂は肩をすくめてみせた。

「井神君以外の人間との恋愛、という選択肢を考えたくなかったんだろうなあ、なんて、ちょっと意地悪なことを考えたものだったけど、今となっては、あながち間違いではなかったような気がするね」

小坂にふられた事実を直視することを避けた結果、井神の認識では、女性には、仕事を取るか、いわゆる〝女の幸せ〟を取るか、のふたつの道しか無いということになってしまったのだろう。

「不景気のせいで、ここ数年、技術部における女性の正規採用はゼロだった。契約期限のある派遣社員は、たぶん井神君にとって、〝いわゆる女の幸せ〟を選んだ人間、ということになっていたんじゃないかな。私は、このとおり愛想の無い人間だから、彼女達とは一線を画していることが多かったし、それで余計に彼の二元論を強化することになったんだろうね」

技術開発課の豊田は、現在の派遣契約が終了後に、正社員として大里造船に残ることになっているそうだが、そういった例はまだまだ少ないのが現状だ。

「ところが、そこに、川村さんが正規に就職してきた」

理奈は、溜め息が漏れるのを止めることができなかった。

「ああ、まあ、確かに私はお喋り好きだし、他の女子社員とよくつるむし、彼氏欲しいとかも普通に言ってましたもんね……」

「彼が、彼のプライドを守り続けるためには、川村さんを私と同じカテゴリに入れるわけにはいかなかったんじゃないかな」

「仕事よりも女の幸せを取った、つまり、仕事において信頼できない存在。……って、本当に、どうして二択なのよ、意味わかんない」

「本当に、ね」

理奈と小坂は互いに顔を見合わせたのち、揃って深く息をついた。


定時になってようやくプロジェクト室に姿を現した瀬良に、理奈と珊慈はあらためて礼を言いに行った。

コーヒーでも飲もう、と誘われ、めいめい湯気の立つカップを片手に会議室へ。席に着くや今回の件について深々と頭を下げるふたりに、瀬良はにっこり笑って優しく語りかけてきた。

「あの手紙を読んだ時に、とにかく『変だな』と思ったんだよ」

実は、「手紙が棚と机との隙間に落ちていた」というのは、井神を油断させるための嘘だった。なんと、井神の作戦はまんまと功を奏し、瀬良は、先週の月曜日の晩には、机に紛れ込んでいた例の偽手紙を読んでしまっていたのだ。

だが、瀬良は手紙のことを誰にも言わなかった。

火曜日、瀬良は情報の出どころを隠したまま、小坂に設計不備の件を問い質した。翌水曜日の大里造船での話し合いでも、瀬良は手紙のことを公にはしなかった。

そして木曜日の珊慈の異動騒ぎを経て、翌日金曜日の朝一番に、瀬良は、理奈と珊慈に呼び出されたのだ。思い詰めた表情のふたりに「情報源はなにか」と問われた瀬良は、そこで初めて例の手紙を出したのだった。

「金曜日にも言ったけど、川村さんなら、こんなふうにこそこそ手紙を書くのではなく、正面からどーんとぶつかってくるだろう？」

紙コップを傾けながら、瀬良が笑みを浮かべる。

瀬良の洞察力が優れているのか、理奈の性格がわかりやすすぎるのか。やや複雑な心境で、理奈は瀬良の問いに頷いた。

瀬良は、満足そうに理奈に頷き返すと、今度は珊慈に悪戯っぽい眼差しを向けた。

「それに、まあ、なんというか、ほら。そもそも川村さんがこんな手紙で媚びる必要なんて、全然無いじゃないか、なあ、高嶋」

瀬良の言葉が終わりきる前に、珊慈が盛大に咳き込んだ。

「だ、大丈夫？」

慌てる理奈に、珊慈が息も絶え絶えに「コーヒー、が、気管に」と声を絞り出す。

「本当に、仕方のない奴だな……」

溜め息をつく瀬良に対して、珊慈が恨めしそうな顔を向けた。

瀬良は、殊更に涼しげな表情で、珊慈の視線をさらりといなす。

「まぁ、それはともかく。偽手紙で特定の個人を陥れようとする輩《やから》がこのプロジェクトにいるとなると、これは相当慎重を期す必要があるな、と思ってね。ひとまず手紙については保留にしておいて、とにかく設計ミスの件に対応することにしたんだ。

そうしたら、突然高嶋がプロジェクトから外れたいなんて言い出すだろう？ 設計ミスはなんとかしなきゃならんし、高嶋も放っておくわけにはいかんし、そんなこんなで、いつの間にか手紙のことは完全に後回しになってしまっていてね」

こんなに手のかかる男で、すまないねえ、なんて瀬良が珊慈を指差して理奈に言うものだから、珊慈の気配がますます剣呑さを増していく。

「だって、瀬良さんが思わせぶりなことを言うからじゃないですか。てっきり、スパイの真似事をさせられたんだと思いましたよ」

眉間に皺を寄せて、ふてくされた口調で、珊慈が反論した。

大里造船に話し合いに行こうという段に、瀬良が囁いたあの言葉を、理奈も今一度思い返す。

『これから先、なにが起こったとしても、お前が気にすることはなにも無いからな』

……確かに、突然こんなことを耳打ちされては、珊慈も心穏やかではいられなかっただろう。

瀬良も、流石に思うところがあったのか、少し申し訳なさそうな表情で頭を掻いた。

「誰か高嶋に惚れている人間が、君達の仲がよいのを妬んで裏で糸を引いているのではないか、と、まあ、そんなことを最初に考えたものでね。どういう結果になろうと、高嶋が責任を感じる必要は無いんだ、と、励ましたかったんだ」

「それにしても、タイミングとか言い方とかがあるじゃないですか。それに、どうしてあの時、私や川村さんまで一緒に連れていったんですか」

不機嫌さを隠そうともしない珊慈に対して、瀬良はまったく動じた様子がない。それどころか、そんな珊慈の相手をするのが嬉しそうにさえ見える。

「渦中の君達ふたりには、私の目の届くところにいてほしかったんだよ。犯人がなにか尻尾を出すかもしれない、と思ってね」

帰りに田口の荷物が増えていたのは、設計不備に関する資料を大里造船が貸し出したから、ということだった。

「木曜の晩に高嶋から『話がある』と電話をもらった時は、何事かと思ったけれど、君達がまず最初に私のところに話を聞きにきてくれて、本当によかった」

金曜朝に瀬良と会い、「瀬良が黒幕では」という珊慈の誤解が解けた時点で、珊慈の異動の件は最初から無かったこととなった。

そうして、瀬良と珊慈と理奈、それぞれが持つ情報を突き合わせた結果、どうやら井神が怪しいということになり、小坂を通じて大里社長をも秘密裏に巻き込み、深夜のプロジェクト室で罠を張ることになったのだ。

　ひととおり話を終え、コーヒーも空になったところで、瀬良が「さて」と腰を浮かせる。

　理奈と珊慈も立ち上がると、あらためて瀬良に頭を下げた。

「色々ありがとうございました」

「これからもよろしく頼むぞ」

　珊慈の肩を軽く小突いてから、瀬良は理奈に向かって声を潜めた。

「今ひとつ頼りない奴だが、よろしく頼むよ」

「瀬良さん、聞こえてますよ」

「悔しかったら早く一人前になってみろ」

　その瞬間の珊慈の顔をうっかり見てしまい、理奈はしばらくの間笑いをこらえるのに苦労する羽目になった。

終章　桜吹雪の祝い

「基本図完成、おめでとうございまーす！」

「お疲れさまですー！」

大里造船、設計室内の会議室。お弁当を広げた女子社員達が理奈の顔を見るなり口々にお祝いとねぎらいを告げた。

めっきり春らしくなった四月初頭、窓の外では満開の桜が海風に揺れている。ここ技術棟と製造部の間には五本の立派な桜の木が並んでいて、工場特有の無骨な風景に、季節ごとの彩りを添えてくれているのだ。

大里造船にお使いを頼まれた理奈は、丁度昼休みのタイミングということで、抜かりなくお弁当を持参していた。皆とお昼を食べるのは久しぶりだし、と、デザート用に皆の分もプチドーナツを奮発して鞄の中に忍ばせている。

「なんか色々大変やったみたいやねえ……」

理奈が席に着いたところで、豊田がしみじみと口を開いた。

「ガマさんも連日遅くまで残ってはったし、あっちの皆かて休日出勤キメまくってたんやろ？」

設計ミスの件が山本重工側の知るところとなった結果、プロジェクトの基本図は予定よりも二箇月も遅れることになった。当然の帰結と言うべきか、問題を次の計画図まで持ち越すのではなく、基本図の段階で修正しよう、ということになったのだ。

件の部品の強度試験を新たに行い、データをとり、それを解析して、設計し直す。発端が大里造船側のミスであるにもかかわらず、山本重工のメンバーは文句ひとつ言わずに（晩飯を一回奢《おご》ることを条件に）粛々と作業をこなしてくれた。できることなら大里組も、山本組の仕事を手伝う心積もりであったのだが、いかんせん、23型ロボットのリコールにも手を割かねばならず、結局プロジェクトにおいては山本組の厚意に甘えきることになってしまったのだった。

「あ、でも、リコールも上手いこといったんやろ？」

「この間、別件でお見えになった工業新聞の方が、残念そうに『リコールあったんですね』って仰ってましたよ」

「そんなん、全顧客にはきっちり連絡して対処したんやから、プレスリリースが多少遅れても、構わへんやんな」

23型のリコールの件は、瀬良が山本重工上層部にしっかり根回ししてくれたおかげで、海資研の調査船が帰港するまで表沙汰になることはなく、関係者だけでなんとか処理することができた。問題の海資研のロボットについても、操縦担当者が頑張ってくれたようで、故障することなく調査を完遂、これでようやく現行の23型全機がリコールされることとなったのだ。

不具合が見つかって以来、特殊装備開発課の面々は、目が回るほど忙しい日々を送っていた。加えて、中堅社員である井神の突然の退社である。そんな状態でプロジェクトとリコールの両方をなんとかこなすことができたのは、ひとえに山本重工側のサポートがあったからだ。

「この間も、小坂さんが言ってたで。『いいチームに恵まれたわ』って」

「さすが大企業、やっぱり優秀な人が多いんでしょうねえ」

理奈のすぐ隣に座る二年目の子が、憧れの眼差しを宙に投げた。

理奈は、「そうなのよ」としみじみと頷いた。

「もうね、ぼんやりしてたらすぐ置いていかれそうになるから、必死よ、必死。毎日全力疾走している感じ」

へぇー、と、若手を中心に感心した声が上がる。

「求人倍率とかすごいんやろなあ。人事部の人、よりどりみどりで毎年ウッハウハなんちゃうん」

「精鋭揃い、ってやつですね」

「だからか、皆さん素敵ですよね」

理奈はご飯を頬張りながら、彼女達の会話にうんうんと相槌を打った。理奈が把握している限り、ここを訪れた山本重工の社員は珊慈と瀬良と田口の三人きりだが、その他のメンバーにしても、皆、多少癖はあるかもしれないが、頼もしい人達ばかりだったからだ。

と、なにやら含みのある調子で、向こう隅の子が口角を上げる。

「そういえば。川村さんとよく一緒にお見えになる、あの背の高い人、カッコイイですよねー」

含みがあることは感じとれたが、一体なにを含んでいるのかまでは理奈にはわからなかった。空気を読むスキルを心から切望しつつ、なんでもないふうに返事をする。

「高嶋く……さん？　向こうのメンツの中では入社年度が一番若いから、荷物持ちとかによく駆り出されてしまうんよね」

「えー、でも、傍《はた》から見ていて、川村さんと、とーっても仲よさそうに見えるんですけどー」

なるほど、そういう方向か。合点すると同時に、理奈は慌てて両手を振った。

「違う違う。ていうか、彼、とても紳士だから、誰が相手でも同じ感じだと思うよ」

そうなんですかー？　と不満そうに唇を尖らせる隣で、理奈と同い年の子が「あ」と小さく声を漏らした。

「え、なに？」

「どうしたの？」

「なんなん？」

耳聡い周囲が一斉にその子を質問攻めにする。「なんでもない」と必死で口をつぐんでいた彼女だったが、皆の攻勢に最後には根負けしてしまい、申し訳なさそうに理奈のほうを向いた。

「川村さん、前に、〝呪い〟がどうとか言ってたな、って……」

一拍の間をおいて、彼女達全員の表情がこわばった。

「あれか。『いいな』って思ったらアウト、ってやつか」

「いや、でも、呪いって、迷信ですよ。気のせいですよ」

「せやな。〝病も気から〟っていうし、気の持ちようやで」

「そうそう。それに、川村さんなら弾き飛ばせますって、絶対」

「ていうか、弾き飛ばしましょうよ」

口々にフォローを試みる皆の気遣いに触れるうちに、理奈は胸の奥がほんわりと温かくなるのを感じた。

「余計なこと言ってごめんなさい。でも、本当に、気にしちゃ駄目ですよ、川村さん」

口火を切った子が、泣きそうな顔で理奈に謝る。

理奈は「大丈夫！」と心からの笑顔を浮かべた。

「呪われてる、って、自分でネタ振っといたくせに、こんなこと言うのもなんだけど、あのあと私ね、〝呪いを気にすることこそが呪い〟なんじゃないかな、って思うようになったんだ」

もうひとりの、呪いに囚われていた人間の顔を思い浮かべながら、理奈は静かに頷いた。

――それにしても、大魔王と勇者って、単体同士だと普通はどちらが強いんだろう。

思わず「ふふ」と笑みが零れる。それを見てなにを誤解したか、途端に一同が色めき立った。

「ちょ、ちょっと合コンをセッティングしましょうか。もういっそ全員カップルで固めて、で、川村さんは、そのタカシマさん？　連れてきてください」

「え、待って」

どうしてそうなるの、と慌てる理奈に、すぐ前方からも追撃の手が。

「絶対にお似合いですよ。ていうか、正直、もう付き合ってるんだと思ってました」

うんうん、と、声を揃えて頷く一同。

「いや、私と高嶋君はそんなんと違うから。ほら、豊田さんには前に言いましたよね、私が彼を気にしているように見えるのは、アイドルに対するファンみたいな感じなんですってば」

豊田が「あー」と明後日の方角を見やる。その向こうから、得意そうな顔が、ビシッと理奈を指差した。

「川村さん、今、『くん』って言いましたよね？」

「距離感ー」

「そ、それは高校の時に……、って、あっ、今のナシ！」

「その話、もっと詳しく！」

はしゃぐ声がカーテンを揺らす。窓の外では、いつかの風景のように桜吹雪が舞っていた。

あとがき

この物語は、パブリッシングリンクさんから電子書籍として出版された『呪いの解き方教えます』（以下、旧版）という小説が元になっています。エンタメ小説界隈では比較的マイナーと思われる、機械系エンジニア女子が主人公の物語を、このたびご縁があってファン文庫さんの末席に加えていただくことになりました。

文庫化にあたって題名がガラッと変わっているように、本作と旧版とでは物語のテーマから端々のエピソードまで、随分と違ってしまっています。

実は旧版は、恋愛小説レーベルでの出版作でした。〝お仕事〟と〝謎解き〟が絡んでいるものの、物語の主軸はあくまでも〝恋愛〟にあり、せっかく趣味丸出しで設定した機械系エンジニアの仕事内容については、恋愛物語の邪魔にならないようディテールを簡略化したり描写をあっさり目にしたりして、恋愛小説としてのバランスをとっていたのです。

それを、今回ファン文庫さんのカラーに寄せて、〝お仕事〟関係の記述を大増量いたしました。〝ものづくり屋〟〝メカ屋〟と謂われる人々の生きざまや仕事ぶりを、しっかりとお伝えできたのではないかと自負しております。

もうひとつ、改稿で大きく変化したのが、ヒロインとヒーローの関係です。旧版をご存知の方は、特にヒーロー氏の言動に驚かれたことだと思いますが、旧版の彼も今作の彼も、その行動規範に変わりが無いのはお読みになったとおり。僅かなボタンの掛け違いから生じた展開の差、いかがでしたでしょうか。

今回この物語を書くにあたって取材させていただいたのは、乗り物系機械のメーカーさんでしたが、製品の規模や種類が変わろうと作り手の苦労は同じようなものだと思います。日頃私達がお世話になっている便利な道具や機械、その開発・製造現場はどんなものなのか、ちょっとした仕事場見学の気分を味わっていただけたなら嬉しいです。

最後になりましたが、貴重な機会をくださったマイナビ出版様、ステキな題名を考案してくださった編集部の皆様、的確な助言と温かいお言葉で大改稿を後押ししてくださった池田様、濱中様、素晴らしい表紙を描いてくださったｈｉｋｏ様、ありがとうございました。

そして、親愛なる我が盟友Ｎ、君がいなければこの物語を書くことはできなかったと言っても過言ではありません。本当にありがとう。

この本が店頭に並ぶまでにご尽力くださった全ての方に、そしてこの本を手に取ってくださったあなたに、心からの感謝を捧げます。

那識あきら

この物語はフィクションです。

実在の人物、団体等とは一切関係がありません。

本書は、二〇一四年一二月に発売された電子書籍『呪いの解き方教えます』（パブリッシングリンク）を改題、大幅に改稿したものです。

那識あきら先生へのファンレターの宛先

〒101-0003　東京都千代田区一ツ橋2-6-3　一ツ橋ビル2F
マイナビ出版　ファン文庫編集部
「那識あきら先生」係

Fan
ファン文庫

リケジョの法則
～数字では割り切れない2人の関係～

2018年9月20日　初版第1刷発行

著　者　　那識あきら
発行者　　滝口直樹
編　集　　池田真依子（マイナビ出版）　濱中香織（株式会社imago）
発行所　　株式会社マイナビ出版
〒101-0003　東京都千代田区一ツ橋2丁目6番3号　一ツ橋ビル2F
TEL　0480-38-6872（注文専用ダイヤル）
TEL　03-3556-2731（販売部）
TEL　03-3556-2735（編集部）
URL　http://book.mynavi.jp/

イラスト　hiko
装　幀　堀中亜理+ベイブリッジ・スタジオ
フォーマット　ベイブリッジ・スタジオ
DTP　株式会社エストール
校　正　鷗来堂
印刷・製本　図書印刷株式会社

 ISBN978-4-8399-6707-9
Printed in Japan

Fan
ファン文庫

東京謎解き下町めぐり
～人力車娘とイケメン大道芸人の探偵帖～

著者／宮川総一郎
イラスト／転

観光の街「浅草」には
実はとんでもない秘密が隠されていた。

「君に流星をプレゼントしよう」

満天の星空から流れる一筋の光。

不思議な青年との出会いが物語の始まりだった！

Fan
ファン文庫

繰《く》り巫女《ひめ》あやかし夜噺《よばなし》

~お憑《つ》かれさんです、ごくろうさま~

著者／日向夏
イラスト／六七質

——とんとんからん。
紡がれる糸が護《まも》るのは……。

古都の神社に住まう、見えないモノたち。本当に怖いのは、あやかしか、それとも——。『薬屋のひとりごと』著者が贈る古都の不可思議、謎解き、糸紡ぎ。

ファン文庫

繰《く》り巫女《ひめ》あやかし夜噺《よばなし》
～かごめかごめかごのとり～

著者／日向夏
イラスト／六七質

とんとんからん、とんからん。
古都が舞台の、あやかし謎解き糸紡ぎ噺第２弾。

古都の玉繭神社にある機織り小屋で、
今日も巫女・絹子は布を織る。
そしてまた、新たなる事件が始まった……。

Fan
ファン文庫

万国菓子舗　お気に召すまま

~遠い約束と蜜の月のウェディングケーキ~

著者／溝口智子
イラスト／げみ

壮介と久美の人生が動き出す！
星降る特別な夜にふたりは——!?

ある日、壮介を「パパ」と呼ぶ少女とその母親が来店。
久美は初めて感じるモヤモヤをもてあます。少しずつ変わり
はじめる壮介＆久美の関係から目が離せない！

Fan
ファン文庫

万国菓子舗　お気に召すまま

～満ちていく月と丸い丸いバウムクーヘン～

著者／溝口智子
イラスト／げみ

人気シリーズ第５弾！
巻末に「特別編 未来の思い出」を収録。

ふとした拍子に、店にあった木型を壊してしまう久美。荘介は「大丈夫ですよ」とは言うけれど、改めて〝木型の持ち主〟の存在を意識せざるを得なくなり……。